내 방식대로 삽니다

남인숙의
쇼핑 심리
에세이

내
방식대로
삽니다

남인숙 지음

"넌 물건을 사는 게 아니라 인생을 사는 거야."

물건을 사지 않는 쇼퍼홀릭

지인들과 여행을 갔을 때였다. 여행지의 쇼핑 명소를 누비며 일행은 모두 신이 났다. 일상적이지 않은 장소에서 만나는 물건들은 모두 재밌어 보이고, 거기에 가격마저 가볍다면 지갑은 쉽게 열리기 마련이다.

한 바퀴 돌고 난 일행들 손에는 쇼핑하며 산 물건들이 주렁주렁 매달렸는데 나는 달랑 하나를 쥐고 있었다. 그마저도 내 것이 아닌 친구에게 줄 선물이었다. 내 취미가 쇼핑이고 물건 사는 일에 도가 텄다는 것을 진작에 알던 일행들은 의아해했다.

"왜 하나도 안 샀어? 너 쇼핑 좋아하잖아?"

그 질문에 나는 이렇게 대답할 수밖에 없었다.

"좋아하지. 그런데 물건을 잘 안 사."

"???"

쇼핑은 오랫동안 허영과 중독을 떠올리는 부정적 이미지와 화려하고 독립적인 삶을 떠올리는 긍정적 이미지, 양극단을 상징하는 것으로 인식되었다. 하지만 쇼핑은 삶 그 자체다. 매일 이어지는 선택의 배경이고 그 형태가 쌓여 인생의 모양을 만든다. 그리고 무엇보다도 쇼핑은 가장 쉽게 행복해지는 방법 중 하나다. 사람들은 이 쾌감을 경계하지만 제대로 산 물건이 주는 행복감은 뜯어보지도 않은 택배 상자가 쌓여가는 중독과는 전혀 다른 것이다.

세탁 건조기에서 장마철에도 뽀송뽀송한 수건을 꺼내는 순간마다 뿌듯해하거나 세일 기간에 헐값에 구한 질 좋은 구두를 신으면 뉴런에서 도파민이 샘솟는 걸 느끼는 사람들만이 이해할 수 있는 행복이다. 쇼핑이 영혼을 치유하는 약일 수 있다면 그 어떤 약인들 과다복용하고도 부작용이 없겠는가. 사실 삶을 파괴하는 잘못된 쇼핑 중독은 쇼핑 자체보다는 우울증이나 불안장애와 더 관련이 깊다. 쇼핑을 좋아한다는 것이 물건을 많이 산다는 것을 의미하지는 않는다는 말이다. 굳이 필요하지 않은 물건을 지나치게 사는 행위가 습관이 된 쇼핑 중독의 원인은 정신적·심리적인 데서 기인하는 경우가 많다.

내 손으로 돈을 벌면서부터 시작된 쇼핑 이력은 글쟁이 특유의 자기검열과 관찰을 거쳐 괜찮은 습관으로 자리 잡았다. 욕망과 현실의 단차에 휘청이지 않고도 재화를 삶의 도구와 맞바꾸는 즐거움을 느낄 수 있는 게 좋고 무엇보다 산다는 행위나 물건에 지배당하지 않는 기분이 마음에 든다.

이 책은 미니멀리스트와 쇼퍼홀릭 사이 어느 지점에서 답을 찾아낸 이의 쇼핑 사색 기록이다. 이것은 쇼핑이라는 자기발산적 행위를 통해 자신을 읽고 세상을 읽을 수 있다는 가정까지 포함한다. 그러니까 쇼핑하는 나 자신을 바라보고 패턴을 바꾸는 것이 더 나은 직업을 택하고, 더 좋은 관계를 만들고, 더 질 좋은 삶을 꾸리는 일에까지 가지를 뻗을 수 있다는 말이다.

돈만 있으면 누구나 할 수 있는 쇼핑인데 너무 확대해석하는 거 아닌가 싶겠지만 쇼핑은 그렇게 가볍기만 한 것이 아니다. 쇼핑은 사람들이 자신의 인생을 떼어서 바꾼 돈을 다시 무언가와 교환하는 행위다. 내 인생과 바꾼 대상이 무엇인지, 또 그에 대한 태도가 어떤지가 어떻게 사소한 일이 될 수 있겠는가. 실제로 사람들이 무엇을 어떻게 사는지를 보면 그 사람의 삶이 보인다. 단적으로 말하면 쇼핑은 곧 그 사람이다. 따라서 쇼핑이 바뀌면 사람도 바뀐다.

철학philosophy을 '지혜를 사랑하는 것'이라는 어원 그대로의 해석대로 받아들인다면 '쇼핑 철학'이라는 것도 괜찮은 조어가 된다. 이 책이 당신만의 쇼핑 철학을 만들고 그것을 통해 자신의 삶을 장악하고 있다는 기분을 느끼는 순간으로 안내하기를 바란다.

2022년 4월

남인숙

차례

2부 _____ 대체 센스는 어디 가서 사나요?

3부 _____ 이제 모든 물건은 소모품이다

1부

당신이 사는 것이

당신을 말해준다

무언가를 산다는 것은 한정된 자원을

내 삶에 분배하는 일이고,

그 과정에서 드러나는

우선순위가 내 태도와 가치관이다.

쇼핑은 그 사람이다

"저는 제 손으로 돈을 벌어 제 뜻대로 뭔가를 사기 시작하면서 자존감이 생기는 걸 느꼈어요."

기획안을 본 편집자에게서 들은 이 말은 내 의식을 잠시 다른 시공간으로 옮겨놓았다. 그 말은 오래전에 내가 막연하게 느꼈던 감정과 닿아 있었다. 나는 쇼핑 신생아, 아니 세포분열조차 시작되지 않은 배아였던 시기의 나를 돌아보았다.

그 방면에서 나는 또래보다 한참 늦되었다. 타고나길 소유욕이 없는 데다 고등학교 졸업 이후 부모님께 용돈을 받지 않았던 나는 무언가를 사는 행위 자체에 죄책감을 느꼈다.

20대 중반이 될 때까지 내가 버는 약간의 돈을 다른 것으로 교환하는 일에 특별히 내 취향이나 의지가 반영된 적이 없다. 그저 가장 필요한 것, 가장 싼 것이 내 선택 기준이었다. 그리고 그때의 나는 내 씀씀이의 모양대로 쪼그라든 채 작아진 자아보다도 더 보잘것없는 선택을 하며 살았다.

그런 내가 '쇼핑'이라는 것을 가치관 안에 들이게 된 계기는 함께 일하던 한 선배의 스카프 때문이었다. 단순한 차림이면서도 개성과 우아함을 발산하는 구심점이 스카프임을 알아차렸을 때의 기분이란 충격에 가까운 것이었다. 그때의 내게 스카프란 내가 살 가능성이 없다는 점에서 초전도 자석이나 혈액 원심분리기와 같은 범주에 속한 물건이었다. 딱히 보온성이 있는 것도 아니면서 목을 감싸는 직물 조각의 존재 이유는 처음부터 내 이해 너머에 있었다.

가벼운 차림에 작은 스카프를 하는 게 당시 유행이었다는 걸 알게 된 건 나중 일이었지만 그 덕에 나는 물건에 취향을 더한다는 게 한 사람의 존재감에 어떤 작용을 하는지 깨닫게 되었다. 나중에 선배가 산 것과 비슷한 것을 하나 사보았지만 그걸 목에 두른 내 모습에 끝내 적응하지 못했다. 내 생애 첫 스카프는 햇빛조차 보지 못하고 손수건으로 전락하고 말았다.

그러나 그 이후로 나는 '자아가 투영된 물건 사기'라는 것에 눈을 뜨게 되었다. 묘하게 사람들 사이에서 주눅이 들어 있던 내가 조금씩 기를 펴기 시작한 것도 그때부터였다. 의지대로 쇼핑을 하려면 경제적 여유가 바탕이 되어야 하니 결국 돈을 버는 게 자아의 힘 아니겠냐고 되물을 수도 있겠지만 이건 좀 다른 문제다.

자신을 부양할 만큼 넉넉해졌는데도 쇼핑에 의지를 투입하지 않고 의식과 필요의 흐름대로 돈을 쓰는 사람들이 적지 않다. 그런 쇼핑 태도는 인생에서 다른 것을 선택하는 태도와 놀랍도록 닮아 있다. 그건 쇼핑이 바로 선택 그 자체이기 때문이다. 무언가를 산다는 것은 한정된 자원을 내 삶에 분배하는 일이고, 그 과정에서 드러나는 우선순위가 내 태도와 가치관이다.

일이 너무 바쁘고 피곤해 쇼핑에 선택의 피로감을 더하고 싶지 않다면 그 또한 독립된 하나의 선택이다. 같은 상황에서 어떤 사람은 쇼윈도에 비친 마네킹 코디 착장을 그대로 벗겨오는 효율을 선택하고, 누군가는 지나가다가 맨 처음 눈에 띄는 것을 바로 사버리기도 한다.

글을 쓰고 사람을 만나고 생각하는 삶을 반복하면서 한 사람이 가지고 있는 물건들과 쇼핑 성향이 그 사람과 무관하지 않다는 명제에 점점 확신을 갖게 되었다. 심각하게 물건 정리가 필요한 사람은 인생 정리도 필요한 사람이기 쉽다. 쇼핑하는 태도를 자신의 의지 안에 두고 자신이 원하는 정체성을 심는 사람들은 역시 자신의 삶도 장악하면서 산다. 이걸 알게 되면서 내 삶에 원하는 물건만 머물도록 허락하겠다는 철칙이 생겼다. 그러자 점차 사람도, 감정도, 일도, 가장 원하는 것만 남게 되었다. 삶이 단순하면서도 풍요로워졌다.

그러니 한 번쯤 내 삶을 바꿔보고 싶다면 쇼핑에서부터 시작하는 것도 괜찮은 방법이다.

사람보다
물건이 위로가 될 때

자신이 얼마큼 힘든 시기를 살고 있는지 가장 간단하게 알아보는 방법이 있다. 마법사가 나타나서 다른 사람과 자신의 인생을 바꾸어준다고 했을 때 콕 집어서 통째로 인생을 바꾸고 싶은 사람이 있는가? 대개의 사람은 평소 부러워하던 사람이라도 막상 인생을 바꾸겠냐고 하면 망설이곤 한다. '금수저로 태어났지만 저런 성격으로 살기는 싫다' '능력은 있지만 저런 가족들과 산다고 생각만 해도 끔찍해'라며 말이다. 사람들은 대부분 사실 자신의 인생을 가장 사랑한다. 부러운 것은 타인 인생의 한 부분일 뿐. 내 인생에서 몇 가지만 좋아지면 완벽할 거라고들 생각한다.

그런데 내게는 주변 아무나라도 좋으니 인생을 통째로 바꾸고 싶은 시간들이 있었다. 이는 심각하게 나쁜 시기를 지나고 있다는 신호다. 그런 최악의 시기에는 타인과 나의 경계를 더욱 명징하게 의식하게 된다. 그럴 때는 사람에게 섣불리 위로받으려 해서는 안 된다. 심지어 나를 위로하려 따뜻하게 어루만지는 이들조차도 통점을 잘못 짚어 내게 고통을 준다. 나보다 처지가 나은 모든 사람들의 호흡이 마치 기화되고 있는 독극물처럼 세포 하나하나에 파고드는 통증이 된다.

무엇보다 치명적인 것은 그들의 잘못이 아니라는 사실을 나도 자각한다는 점이다. 모든 잘못이 내 존재 자체에 있다는 결론에 이른 이들에게 사람이 위로가 될 수 없는 이유다. 그런데 그렇게 멀고 먼 타인들이 '자신의 생각과 가치를 불어넣은 물건들'은 좀 다르다.

초라한 삶에 한없이 비틀리고 작아지던 어느 날, 인적 드문 초기 신도시에 잠시 살던 나는 시내에서 볼일을 보고 아무 이유 없이 명동에 들렀다. 굳이 이유 비슷한 것을 찾자면 그저 사람이 아주 많은 곳에 가고 싶었던 것 같다. 사람과 얽히지 않기 위한 가장 효과적인 방법은 많은 사람 사이에 섞이는 것이다. 사람이 너무 많아서 아무도 없는 것처럼 느껴지던 명동거리를 좀 걷다가 너무 더워 냉방을 하는 매장에

이 유물론의 시대에

욕망의 대상을

바로 손에 넣는다는 것 하나로

쇼핑의 가치를 설명하는 건

아무래도 섭섭한 일이다.

들어갔다.

그곳은 판매 직원이 따로 없이 자유롭게 물건을 고르는 쇼핑센터였는데 당시에는 그런 곳이 흔하지 않았다. 도통 패션에 관심이 없는 나였지만 물건 구경은 꽤 재미있었다. 평소 거들떠보지도 않던 '무서운 옷'들도 걸쳐보고 취향 아닌 가방도 들어봤다.

그러다 매대 위를 굴러다니던 모자 하나를 무심코 쓰고 거울을 봤는데, 순간 그 속의 내 모습에서 눈을 뗄 수가 없었다. 어찌된 일인지 그 '뉴스보이 캡'은 내게 기막히게 잘 어울렸고, 내 기준으로 유별난 패션 아이템인데도 이질감이 없었다. 그리고 그 기분은 전에는 느낀 적 없는 위로와 쾌감이었다. 그건 한 번도 본 적 없는 막연한 타인들과의 이상한 교감이었다.

그런 모자를 디자인하고 유행시킨 누군가의 심상이 의도한 대로 내게 와서 맞아떨어진 것이니 그게 교감이 아니면 무엇이겠는가. 이질적인 존재와 연결되는 느낌은 세상과 자신을 다른 각도로 볼 수 있게 해준다. 때론 그 감정이 한 사람을 구원할 수도 있다. 그래서 낯선 사람들의 다양한 이야기가 등장하는 문학 작품들이 수많은 사람들을 위로해 줄 수 있었던 것이다.

생존에 관련된 것이 아니면 좀처럼 지갑을 열지 못하던 시기였지만 나는 그 모자를 살 수밖에 없었다. 그때만큼은 그 모자가 분명 내 생존 혹은 실존과 관계 있는 물건이었다. 이후 그 모자를 쓰고 외출한 적이 없었기에 그 일은 내 생애 최초의 쓸데없는 쇼핑이자 가장 가치 있는 쇼핑이 되었다.

사람들이 물건에 투영시킨 가치들은 상처를 주지 않는 방식으로 전시된다. 내가 사람이 아닌 물건에만 취할 수 있는 태도로 그것들을 대할 수 있기 때문이다. 상대의 입장과 감정을 흡수하지 않고도 내가 소통하고 싶은 가치만을 골라 대화할 수 있다. 이기적이지만 무해하다.

내가 즐겨 신는 운동화를 디자인한 사람은 만나면 끔찍한 성격일 수도 있지만 그 사람이 물건을 통해 제안하는 편안함과 멋스러움은 운동화를 신을 때마다 내게 기쁨을 준다. 운동화라는 물건을 통해 주고 싶고 받고 싶은 가치들에 대해 끊임없이 대화를 하는 기분이다.

지식 상품이라고 할 수 있는 책 또한 예외가 아니다. 인생의 막다른 골목에서마다 구원이 되어준 몇몇 책들이 있었는데 감동 끝에 저자의 행보를 추적했다가 실망한 적이 한두 번이 아니었다. 사람과 그 사람이 상품에 깃들인 자아의 일부는 같은 것이 아니다.

그러니까 무언가를 산다는 것은 내가 필요로 하는 감수성만을 추출해 흡수하는 행위다. 우리가 마음에 꼭 드는 물건을 손에 넣었을 때 위로를 얻는 것도 그 때문이다. 이 유물론의 시대에 욕망의 대상을 바로 손에 넣는다는 것 하나로 쇼핑의 가치를 설명하는 건 아무래도 섭섭한 일이다.

쇼핑하는 태도대로
사람을 만난다

친한 후배와 영화를 보려고 번화가에서 만났다. 영화 상영까지 시간이 꽤 남아서 우리는 근처 쇼핑몰에서 구경을 하기로 했다. 생활용품을 모아놓은 매장을 따로 한 바퀴 돌았다가 입구에서 그와 다시 만났을 때 나는 그만 깜짝 놀랐다. 쇼핑 바구니에 물건이 산처럼 쌓여 있던 것이다. 자세히 보니 바구니에 담긴 것들은 생필품도 아니었다. 귀여워서 샀다가 금세 처치 곤란이 되는 종류의 물건이 대부분이었다.

흔들리는 내 눈빛을 보더니 그도 장바구니 물건들을 그대로 결제하기에는 망설여지는 모양이었다. 자꾸만 '이것들을 살까? 말까?' 내게 물어보았다. '너무 충동적으로 막 사는 것 같기도 하다'며 뭐라도 한마디 해달라고 했다. 타인의 삶의 태도에 대해서 좀처럼 간섭을 하지 않는 내가 결국 한마디 했다.

"물건 사는 태도 그대로 남자도 고르더라.
잘 생각해서 해."

그는 핏기 가신 얼굴로 잠시 나를 보더니 장바구니 속 물건들을 모조리 제자리에 갖다두었다.

사람들의 성향이 다양하고 거기에 좋고 나쁘고가 없듯이 물건을 고르는 방식에도 옳고 그름은 없다. 그러나 선택을 하는 태도와 방식이 물건 하나를 쇼핑할 때와 애인이나 직업을 고르는 것처럼 보다 중요한 일을 결정할 때가 다르지 않다면 어떨까?

실제로 평소 쇼핑하는 걸 귀찮아하다가 비싼 걸 덜컥 사오는 사람은 갑자기 터무니없는 연애를 시작하기도 하고, 사는 행위 자체만을 좋아해서 쓸모없고 저렴한 물건만 계속 사들이는 사람은 '연애를 위한 연애'를 하게 되기 쉽다. 내 돈 쓰는 일에 아무런 의지도 더하지 않는 사람은 상대의 의지나 주변 분위기에 따라 주관 없는 연애를 하기도 한다. 까다

사람들의 성향이 다양하고

거기에 좋고 나쁘고가 없듯이

물건을 고르는 방식에도 옳고 그름은 없다.

그러나 선택을 하는 태도와 방식이

물건 하나를 쇼핑할 때와

애인이나 직업을 고르는 것처럼

보다 중요한 일을

결정할 때가 다르지 않다면 어떨까?

롭게 고르고 모든 걸 충족하는 게 없을 때 차라리 안 사고 마는 사람은 연애를 안 하거나 끝까지 책임을 지거나 둘 중 하나다.

사람은 생각에 쓰는 에너지를 줄이고 다급한 상황에서 살아남기 위해 자동사고라는 것을 한다. 경험과 그에 대한 해석, 그리고 실천을 통해 패턴을 만들고 비슷한 상황에서 자동으로 반응하고 결정을 내리는 것이다. 그래서 우리는 가장 좋은 선택을 하기보다는 선택하기에 좋은 것을 선택할 때가 더 많다. 중요한 일에는 정신을 바짝 차리고 보다 시간을 들여 생각을 하니 다를 거라고들 믿지만 그렇지 않다. 크고 중요한 결정도 언제나 작은 선택의 순간들이 모여 이루어지기 때문이다.

모든 것이 그렇듯 선택의 태도는 아주 작은 것들과 보다 큰 것들이 서로 연결돼 있다. 작은 선택에 서툴면 큰 선택도 서툴다. 그 반대도 마찬가지라 마음이 어수선한 시기에 고르는 물건들은 시원치 않을 때가 많다. 그래서 물건을 생각 없이 마구 사게 되는 시기에는 연애도 시작하는 게 아니다.

한창 나를 고치고 싶던 시기, 나를 들여다보고 다듬기 좋은 거울이 바로 쇼핑이었다. 여기서 말하는 쇼핑은 눈에 보이는 물건만을 말하는 게 아니다. 배움이나 외식, 여행처럼 경험을 사는 것도 포함한다. 손에 쥔 것이 얼마 되지 않던 때라 그걸 통제해서 내 의지 안의 흐름을 만드는 일은 스스로 도를 닦는다는 기분까지 들게 했다.

내가 정말 원하는 물건만 내 삶에 들이겠다는 결심은 내가 정말 원하는 게 뭔가에 대한 질문을 끊임없이 던지게 했다. 그런데 이 질문이 구체적인 상황과 만나니 삶의 많은 것들이 바뀌었다.

확실히 나는 지금이 '아무거나'라고 자주 말하던 시절보다 내 하루하루를 장악할 수 있는 힘이 더 생겼다고 느낀다. 그런 힘이 생기면 보다 좋은 인생의 선택을 할 수 있는 힘도 생긴다. 쇼핑은 선택의 태도를 연습할 수 있는 가장 쉽고 안전한 방법이다. 선택에 실패해도 괜찮다. 반품이나 중고판매, 양도에 따른 사소한 손해를 감수하고 연습하는 게 중요하다. 이 연습에 익숙해지면 선택의 상황에 놓였을 때 회피하거나 가장 쉬운 것을 선택해 버리는 습관에서 벗어날 수 있다.

그러니 좋은 운명을 선택하고 싶다면 두루마리 휴지 하나도 함부로 고르지 마라.

당신의 쇼핑 유형은?

❖ 충동형

계획에 없던 물건에 더럭 욕심이 나고 쇼핑 욕구를 쉽게 실천에 옮깁니다. 이미 갖고 있는 것을 모르고 같은 물건을 산 경험이 반복된다면 쇼핑 습관 고치는 것을 심각하게 고려해 보세요.

❖ 혐오형

상품에 흥미가 없고 쇼핑 행위를 귀찮아합니다. 쇼핑에 많은 시간과 에너지를 사용하지 않는 것은 장점이지요. 그러나 평소에 잘 안 쓰다가 돈값 못하는 물건에 거금을 쓰는 일이 일정 주기로 반복됩니다.

❖ 합리형

쇼핑 예산을 세우고 그 안에서 최대 만족을 위한 쇼핑을 하려고 노력합니다. 가성비 좋고 잦은 쇼핑을 하는 유형과 좋은 것 한두 가지에만 집중하고 나머지 기간에는 쇼핑을 하지 않는 유형으로 나뉩니다.

❖ 자린고비형

생계를 위한 최소한의 쇼핑만 하며 절약하는 소비 유형입니다. 저축으로 종잣돈을 모을 수 있어 좋습니다. 그러나 이런 소비 습관만 오래 유지하면 인간관계와 생활 전반이 협소해지는 단점이 있지요.

❖ 무관심형

쇼핑이라는 개념에 의식 자체가 없는 소비 유형입니다. 주변 사람들한테만 돈을 쓰는 순교자형, 술과 친교 외에는 소비가 거의 없는 유흥형, 가족 등 타인이 쇼핑을 대신 해주는 위탁형 등이 여기에 속합니다.

　　그런데 이런 쇼핑 태도는 일정 기간마다 변하기도 하고 복합적으로 나타나기도 합니다.

부티 나는 것과
사치의 차이

어떤 사람의 옷매무새나 패션이 멋질 때 가장 현실적인 극찬은 무엇일까? 내가 보기에 그건 '부티 난다'는 표현이다. '멋있다' '세련됐다'는 말은 그 사람 패션의 어떤 요소가 눈에 띄기 때문에 감탄사처럼 나온 말일 수도 있고, 외양에 신경 쓰는 상대에게 의식적으로 건네는 칭찬일 수도 있다. 그런데 '부티 난다'는 말은 듣기에 따라 교양 없어 보이면서도 어떤 종류의 진심을 담고 있다. 옷이나 소품, 화장 자체보다는 그 사람이 그런 것들을 소화하는 능력에 더 관심이 갈 때 나오는 표현이기 때문이다.

일각의 오해와는 다르게 부티 나는 스타일은 부자를 흉

내 내는 것이 아니라 일종의 양식이라고 보는 게 맞다. 명품으로 휘감은 진짜 부자들의 패션도 정작 부티 난다는 칭찬을 듣는 경우는 드물다. 화려하게 꾸민 흔적이 보이지 않으면서도 은은하게 고급스러운 느낌이 드는 것이 부티 나는 것이라고 할 수 있는데 그 실체가 명확하지 않다. 그래서 종종 사람들은 서로 이런 질문을 주고받곤 한다.

"저 사람이 부티 나 보이는 이유는 뭘까?"

예나 지금이나 자동차에 도통 관심이 없는 내가 엠블럼을 안 보고 비싼 차를 알아보는 기준은 딱 하나다. 주차돼 있는 차 중 유난히 번쩍거리는 차가 높은 확률로 비싼 차다. 고급 차에는 저절로 광이 나는 고급 도장을 하기 때문에 그런 것일 거라고, 나름 논리적인 추론에 의한 확신을 꽤 오래 가지고 있었다. 한참이 지나서야 비싼 차일수록 차주 혹은 운전기사들이 세차를 열심히 해서 그토록 빛이 나는 거라는 걸 알게 되었다. 비싸다는 것은 물건의 가격보다는 그것을 관리한다는 개념과 더 깊은 관계가 있다.

부티 난다는 말은 어쨌거나 '부富'를 어원으로 한다. 부가 달성된 상태에서는 특정 물건이 욕망의 대상이 될 필요가

비싸다는 것은 물건의 가격보다는

그것을 관리한다는 개념과 더 깊은 관계가 있다.

관리에 비용이 드는 물건들을

일상적으로 사용하는 듯한 태도에서

우리는 알게 모르게 부티 나는 분위기를 느끼게 된다.

없고 좋은 물건들을 '당연하게' 사용한다. 아무리 비싼 것을 걸치고 있어도 그것을 소유한 상태를 의식하는 모습이 엿보이면 그것은 부티 나는 것이 아니다. 관리에 비용이 드는 물건들을 일상적으로 사용하는 듯한 태도에서 우리는 알게 모르게 부티 나는 분위기를 느끼게 된다.

보통 부티 나는 스타일을 원하는 사람들이 가장 먼저 떠올리는 아이템은 고급 블랙 코트다. 캐시미어가 많이 들어가 있는 반드르르한 블랙 코트가 윤기 나는 종마를 떠올리게 하는 것은 사실이다. 그러나 내가 보기에 보다 부티 나는 아이템은 소재가 좋은 밝은 색 코트다.

화이트나 아이보리 컬러의 외투처럼 때 타는 게 무서운 옷을 무심하게 입은 사람들은 특별히 멋스럽게 입지 않았어도 부티 나 보인다. 한 번에 몇만 원씩 하는 세탁 비용을 아끼지 않으며, 입을 만한 겨울 외투가 여러 벌이라는 전제는 어떤 면에서건 그 사람이 관리를 할 수 있는 여력이 있음을 드러낸다.

보통 옷에서 부티를 결정하는 가장 큰 요소는 소재다. 폴리에스테르나 아크릴 같은 합성섬유보다는 울이나 실크 같은 천연 소재의 함유율이 높을수록 고급 소재로 본다. 이런 소재들에서 오는 부티는 섬유를 잘 모르는 사람들에게도 꽤나 직관적으로 느껴진다. 하지만 이런 종류의 고급스러움도 그 자체보다는 상황이나 태도에 더 영향을 받는다.

100퍼센트 실크나 울 섬유로 만든 옷은 숨만 쉬어도 구김이 간다. 이런 것을 입고 종일 일상생활을 하면 처음 손질해 걸쳤을 때의 멀끔한 느낌은 사라지고 만다. 게다가 연약하기 짝이 없어서 조그만 마찰과 압력에도 해지거나 찢어진다. 물세탁도 안 되고 잦은 드라이클리닝도 해로우니 입은 채 땀을 흘리는 것도 안 좋다.

어쩌면 고급 소재에서 느껴지는 부티는 그런 비일상성에서 나오는 것일지도 모른다. 생계와 노동에서 유리될수록 고귀한 것으로 치던 옛 귀족들의 흔적일 수도 있다. 부티 나는 이미지가 관리와 비일상성에서 타인의 무의식을 건드리는 것이라면, 그것을 위해 필요한 게 꼭 돈일 필요는 없다는 점도 짐작이 된다.

티셔츠일지라도 다려 입고, 옷소매의 보풀을 밀고, 제대로 세탁을 하고, 체취에 신경을 쓰는 것이 실은 유명한 옷을 사는 것보다 그런 이미지에 더 가까워지는 일이다. 흥미로운 점은 그런 것들보다 더 주효한 것이 정작 스타일이나 패션과는 상관없는 영역인 '태도'임을 확인할 때가 적지 않다는 사실이다.

부티 나는 스타일로 정평이 나 있는 지인이 약속 장소

결국 부티 나는 스타일의

최고 액세서리는 여러 의미에서의 '여유'다.

근처에 한 시간이나 미리 와 있다가 시간 맞춰 들어가는 걸 본 적이 있었다. 놀라운 점은 그날만 스케줄이 꼬여 시간이 비거나 한 것이 아니라 원래 사람을 만날 때는 늘 그렇게 한다는 것이었다.

> "저는 사람들 만날 때 땀 뻘뻘 흘리면서 허겁지겁 들어가는 기분이 너무 싫어요."

들고 보니 정말 그가 황급히 움직이거나 만남에서 아슬아슬하게 도착하는 걸 본 적이 없었다. 남들이 추측하듯 값비싼 것을 걸치거나 현란한 감각이 있는 것도 아닌데 부티 나는 이미지를 풍겼던 이유가 선명해진 순간이었다.

결국 부티 나는 스타일의 최고 액세서리는 여러 의미에서의 '여유'다. 당신이 나름의 방법으로 여유를 표현할 때 사람들은 '저 사람이 부티 나 보이는 이유는 뭘까?' 하고 고개를 갸웃할 것이다.

요지경 취향의 세상, 향수

보는 것이건 먹는 것이건 열 명 중 일곱 명 이상이 좋다는 대상은 대체로 나도 좋다고 느낀다. 보편적인 호불호에 쉽게 탑승하는 성향을 가졌다. 그래서 이런저런 평을 찾아보고 사람들이 추천하는 것들을 사면 크게 실패하지 않는다. 그런데 오랜 쇼핑 생활 끝에 이런 방식이 도저히 통하지 않는 거의 유일한 물건을 발견했다. 바로 향수다.

향수라는 건 원래 내 생활 반경에 없는 품목이었다. '가장 좋은 향기는 무향'이라는 취향이 확고해서 굳이 인위적인 향을 더하고 싶은 욕구에 공감하지 못했다. 그러다 엉뚱하게도 불면증에 시달리던 시기에 향수에 관심을 갖게 되었다.

그때의 나는 별별 사소한 이유로 잠을 설치곤 했는데 그 중 하나가 다양한 종류의 악취였다. 베란다 하수구 냄새, 야근 하고 와서는 샤워도 하지 않고 쓰러져 잠들어 버린 동거인의 발냄새, 욕실 환풍기를 통해서 새어 들어온 담배 냄새…….

활동을 할 때에는 의식 밖에 있었던 희미한 악취도 침대에만 누우면 선명하게 코를 찔러 잠을 방해했다. 그때 생각해 낸 것이 바로 향수였다. 그리고 그 방식은 웬만큼 효과가 있었다. 좋아하는 향수를 내 몸이나 베개에 뿌려 놓으면 그 향기에 의식이 집중되어 다른 악취가 느껴지지 않았다.

나중에서야 나는 세제나 화장품의 '무향無香'마저도 원재료의 악취를 중화시키기 위해 향료를 첨가했다는 의미임을 알게 되었다. 코앞에 향기를 두어 결과적으로 냄새 자극의 존재를 희석시킨 내 방식은 일리 있는 셈이었다.

향수를 처음 사기 시작했을 때 어쩌면 이렇게 객관성이라는 요소가 삭제된 물건이 존재할 수 있을까 싶어 당황스러웠다. 어떤 물건이든 그것에 대한 호불호와 취향은 있지만 품목별로 누구나가 좋다고 여길 물건은 제법 공통적이다. 어떤 브랜드가 세일을 하면 내 눈에 예뻐 보이는 것들이 일찌감치 동이 나는 것도 그래서다.

또 대부분의 물건으로 타인의 취향을 존중하는 것도 어

렵지 않다. 내 눈에 고무신 같아 보이는 플랫슈즈라도 남이 신은 걸 보면 발레리나처럼 사뿐해 보이기도 하고, 내 남은 생에 입을 일이 없을 해골 무늬 티셔츠조차 그 나름대로 재밌어 보인다. 취향의 개인성을 인정하며 가치중립적인 입장을 유지할 수 있다는 의미다.

반면 향수라는 물건은 자신의 취향에 타당성을 씌우게 되는 요물이다. 취향에 맞지 않는 향기를 맡으면 '이걸 좋아할 수가 있다고?'라며 경악하게 되고, 내가 좋아하는 향기에 다른 사람이 떨떠름해하면 '이런 건 코가 달려 있다면 누구나 좋아할 만한 향기 아닌가?' 하며 의아해한다.

유별난 디자인의 물건이나 맛이 강한 음식을 좋아하는 경우라면 자신의 취향이 특이하다는 자각이 있는데 향수만큼은 그런 의식조차 없다. 배우 마릴린 먼로가 잠옷처럼 향기를 입고 잤다는 일화로 유명한 향수조차 나한테는 매혹적이기는커녕 맨땅에서도 멀미를 느끼게 할 뿐이다. 아무리 비싸고 유명한 향수라도 자신의 취향에 안 맞으면 그저 악취 압축액에 불과한 것이다. 종종 직장인 고충란에 사무실 동료가 뿌리는 독한 향수 문제가 고민으로 올라오는 것도 이 때문이다.

재미있는 건 '향기가 좋네. 이거 무슨 향수야?'라는 식

강한 향기를 풍기며 같은 취향을 가진

소수의 사람들과 함께하는 인생을 살지,

누구나 이해할 수 있는 무난한 향기를 품고 살지

혹은 날카로운 향기를 덜어낸 깊은 향기로 살지는

내가 선택하기 나름일 것이다.

의 반응이 가장 많은 것은 의외로 중저가 향수들이다. 많은 사람에게 호감을 얻는 향수에서는 익숙하고 가벼운 향기가 나는데 주로 비누 냄새나 샴푸 냄새로 표현되는 것들이다. 아이러니하게도 향수를 정말 좋아하는 사람들은 대개 그런 향기에 만족하지 못한다.

나는 향수의 이런 성질이 사람들의 정치관·종교관을 비롯한 가치관과 비슷하다고 느끼곤 한다. 현상에 대한 여러 의견을 '입장차'라고 냉정하게 정리할 수 있는 사람들도 이런 문제에서 자신과 대척점에 있는 이의 발언을 들으면 단절감을 경험한다. 이 거북함은 의식적인 검증이라기보다는 반사작용에 가깝다.

그런 상대와는 일일이 상대에게 내 가치관을 설득시키려고 애쓰거나 상대를 이해하려 들기보다는 공통으로 머물 수 있는 영역에만 함께 있으면 된다. 마치 향수처럼 말이다. 상대가 싫어하는 향수를 알게 됐다면 그를 만날 때만큼은 그 향수를 뿌리지 않기로 한다. 그리고 저쪽에서도 그럴 수 있는 사람일 때만 내 사거리 안으로 들어올 수 있게 관계를 유지한다.

시간이 지나 알코올을 품은 향기가 다 휘발되고 은은한 잔향이 남아 있을 때는 그 어떤 향수의 향이건 맡을 만해진다. 후각을 찌르며 감각으로 돌진해 오는 것이 아니라 내가 맡으려고 해야 문득 맡아지는 향기는 좀 이질적인 것이라도 매력이 감지된다.

강한 향기를 풍기며 같은 취향을 가진 소수의 사람들과 함께하는 인생을 살지, 누구나 이해할 수 있는 무난한 향기를 품고 살지 혹은 날카로운 향기를 덜어낸 깊은 향기로 살지는 내가 선택하기 나름일 것이다. 그게 삶에 대한 태도건, 향수건 말이다.

한 가지 분명한 사실은 그 사람의 취향을 알고 있는 게 아니라면 향수는 선물로 적합하지 않다는 정도일 것이다.

선물 쇼핑에서는
가성비라는 말을 지우기

"어떤 선물을 받고 싶으세요?"

이런 질문을 중심으로 나온 통계나 설문조사에서 매번 예외 없이 1~2위를 다투는 것은 현금과 상품권이다. 선물로 받은 물건이 마음에 쏙 들기란 복권에 당첨되는 것만큼 어렵기 때문이다. 내가 직접 내 물건을 사려고 돌아다녀도 마음에 드는 것이 발견되지 않아 그냥 올 때도 부지기수인데 남이 내 취향을 명중시킬 확률이 얼마나 될까.

하지만 상황에 따라서는 현금이나 상품권이 아닌 물건이 필요한 맥락이 생기기 마련이다. 물건이 가진 가치보다는 그것을 주고받을 때의 감정이 더 중요하기 때문이다.

명절 무렵이면 거리에서 각종 선물 세트를 들고 퇴근길에 오르는 직장인들을 쉽게 볼 수 있다. 그것들은 부피가 크고 선물이라는 정체성이 명확히 드러나도록 포장이 되어 있지만 내용물은 대단할 것이 없다. 샴푸와 비누 같은 생활용품이나 식용유, 참치캔 등의 식자재 품목이다. 그걸 받는 직장인 중 뛸 듯이 기뻐하며 회사의 배려에 감읍하는 사람은 드물다. 그렇지만 그들이 알게 모르게 느끼는 감정은 2~3만 원 정도인 원가 이상이다. 명절 연휴를 앞두고 손에 수확물을 들고 보금자리에 돌아가는 기분이라는 게 있는 것이다. 비슷한 감정을 현금성 선물로 느끼게 하려면 훨씬 큰 비용이 들어간다(비록 그 2만 원이라도 그냥 현금으로 달라는 불만이 있을지라도).

나는 이제 두고두고 나를 생각나게 할 선물을 하겠다는 것이 무리한 욕심이라고 생각한다. 주고받는 상황 자체가 일종의 '경험 선물'이라고 여긴다. 그 사람을 생각하면서 선물을 준비하는 과정을 즐기고 상대 또한 그걸 알아준다면 그것만으로도 성공이다.

한참 전부터 '쓸모없는 선물하기'라는 게 소소한 유행이었다. 모임에서 미리 약속을 하고는 최대한 쓸모없는 선물을

선물을 실용성의 연장이 아니라

경험의 재구성이라고 바꿔 생각해 보면

좀 더 나은 선물을 고르는 데 도움이 된다.

준비해 주고받는 것이다. 크리스마스에 그런 선물 파티를 하는 것을 본 적이 있는데 원색 가발, 장난감 요술봉, 기괴한 속옷 등이 등장했다.

하나씩 풀어볼 때마다 실컷 웃고 그 표정 그대로 사진 몇 장 남기면 소임을 다할 물건들이지만 취향에 안 맞는 범상한 것들보다 선물로서의 가치는 더 클 수도 있겠다 싶었다. 어차피 쓸모 있을 확률이 낮은 선물이라면 제대로 쓸모없이 해서 재미라도 확보하자는 취지에 공감이 간다.

선물을 실용성의 연장이 아니라 경험의 재구성이라고 바꿔 생각해 보면 좀 더 나은 선물을 고르는 데 도움이 된다. 말하자면 10만 원짜리 옷을 선물하는 것보다 10만 원짜리 양말을 선물하는 게 더 좋은 선택이다. 10만 원짜리 옷은 품목 안에서 중저가인 편이라 품질이 좋기가 쉽지 않고 취향에 맞지 않으면 처치 곤란한 골칫거리가 된다. 반면 10만 원짜리 양말은 웬만해서는 내 손으로 살 일이 없는 물건이라 소유 자체가 신선한 경험이 된다. 하다못해 또 다른 사람에게 선물하거나 중고 시장에 되팔기도 더 쉽다.

받는 사람의 성향이 뚜렷하지 않을 때는 먹을 것을 선물하는 게 안전하다고 느끼는데, 이럴 때도 내 지갑 열어서는 선뜻 손이 안 갈 품목을 고른다. 몇 알에 기만 원인 왕딸기라든지, 한두 입에 만 원씩 없어지는 디저트라든지. "뭐 이렇게 비싼 것을 샀어?"라고 말할 수 있는 경험을 선물하는 것이다. 그래서 가성비라는 말을 잊어야만 제대로 할 수 있는 거의 유일한 쇼핑 분야가 선물이 아닐까 싶다.

같은 의미, 다른 맥락으로 가벼운 선물을 할 때에는 품목 내에서 비교적 값나가는 걸로 하는 게 좋다. 어떤 사람들은 집들이에 가장 저렴한 두루마리 휴지를 사가는데 그런 사소한 일에서 사람을 대하는 태도가 유추될 수 있다는 걸 잘 모르는 것 같다.

선물을 사는 게 일종의 대리만족이라고 느낄 때도 있다. 쇼핑을 좋아하지만 내 공간에 물건을 들이는 일에 인색한 내게 선물은 피곤한 요식 행위가 아니다. 받을 사람을 생각하면서 그 사람이 안 해봤을 경험을 상상하는 게 재미있다. 또 내가 일상에 들이기에는 사치라고 여기는 물건들을 구경하고 그 물건에 얽힌 뒷이야기나 가치를 찾아보는 것도 즐겁다.

여러 의미에서 선물이란 받는 사람뿐 아니라 주는 사람에게도 행복감을 주는 일임에는 틀림없다.

연애보다 더 설레는 세일

연애 감정의 절정은 결코 달콤하지 않다. 사랑에 빠지면 어떤 상황에든 상대의 존재를 얹고, 그에게 닿기 위해 비이성적인 대가를 치르는 것도 마다하지 않는다. 닿기 전의 고통과 닿는 순간의 짧은 기쁨이 반복되는데 이건 우리가 보통 말하는 행복과는 거리가 멀다. 그런데도 살짝 미쳐 있던 그 시기의 강렬한 감정은 추억이라는 형태로 남아 나머지 대부분의 삶을 무던히 보낼 수 있게 해준다.

나는 연애 상대와 가족이 되어 온정적인 애정에 익숙해진 이후로는 온갖 쾌락 호르몬이 자율신경계를 뒤집어놓는 그 상태에 다시 놓인 적이 없었다. 폭탄 세일이라는 것을 알게 되기 전까지는 말이다.

한때 진정한 의미의 '패밀리 세일'이 열리던 시기가 있었다. 말 그대로 제품사의 임직원과 그 가족만 지류 초대장을 받아야 갈 수 있는 비공개 세일이었다. 어느 날 지인의 초대장으로 함께 입장한 행사장은 별천지였다. 평소 가격표를 보고는 손을 떨며 도로 내려놓던 브랜드 물건들이 80~90퍼센트씩 할인된 가격표를 달고 산처럼 쌓여 있었다.

아울렛으로 가기 전의 물건들을 사원 복지 차원에서 푸는 것이라 쓸 만한 것들도 꽤 많았다. 행사장을 이리저리 누비며 보물찾기하듯 눈에 드는 물건을 찾아내는 동안 가슴이 두근거리고 불끈불끈 힘이 솟았으며 말도 안 되는 집중력이 생겼다.

지인들 사이에서 픕진한 체력으로 유명하던 내가 너덧 시간을 쉬지 않고 움직이면서 지치지도 않았다. 그렇게 손에 넣은 물건들을 득의양양 손에 들고 집에 들어오는 길은 감미로운 피로와 채 가라앉지 않은 설렘으로 온통 핑크빛이었다. 그건 흡사 연애 초기에서나 느끼던 감정과 같았다.

그러나 사랑이 시간이 지나면 변하듯 패밀리 세일도 금세 장점이 희미해졌다. 소문이 나면서 행사장은 점점 복잡해졌고 쓸 만한 물건이 드물어졌다. 근래에는 그냥 할인 행사를 뜻하는 보통명사가 되었다.

이후에도 나를 설레게 하는 폭탄 세일은 때마다 다른 형태로 찾아오곤 했다. 의류 업체들의 3차 아울렛(아울렛 중에서도 가격이 가장 저렴한 아울렛)이 전성기던 시기에 옷을 '줍는 가격'에 사들였던 쾌감, 여행 가서 쇼핑 성지에 들렀던 것, 국내 면세점 쇼핑이 알짜였던 시절의 여행 재미, 해외직구에 눈을 떠 미국 블랙 프라이데이에 모니터 앞에서 덩달아 바빴던 기억이 모두 추억으로 남아 있다.

내가 이런 쇼핑의 기억을 설레는 추억으로 간직할 수 있는 건 세일을 이유로 쓰레기가 될 물건까지 휩쓸려 사지 않았기 때문이다. 아무리 할인을 많이 해도 물건을 세 개 이상 사는 일이 드물었고, 마음에 드는 것이 없으면 그냥 빈손으로 나왔다.

쇼핑 자체를 정말 좋아하는 사람에게 세일 행사장에서 물건을 고르는 일은 스포츠와 같다. 싸면서도 좋은 물건을 찾아내는 것은 아드레날린을 샘솟게 만드는 우승 트로피와 같은 것이지만 그 과정도 충분히 의미가 있다. 10초면 훑어볼 수 있는 백화점의 신상품 코너에서는 느끼지 못하는 짜릿함이 그런 것이다.

엄청난 확률을 뚫고 '발견된' 물건들은 차분한 환경에

서 제값을 주고 산 물건들보다 더 나를 기쁘게 했다. 입거나 들거나 쓸 때마다 그걸 찾아낸 순간의 설렘이 떠올랐다. 연애를 하며 둘 사이의 기념비적인 순간을 떠올릴 때처럼 말이다.

이제 떨리는 가슴을 부여안고 세일 행사장에 달려가는 일은 없다. 비대면 방식이 대세가 되기 훨씬 이전부터 이미 세일 행사가 갖는 현장성의 매력은 사라지고 없었다. 온라인 판매 채널이 많아지고 경쟁이 치열해지면서 이제는 검색 최저가가 가장 싼 경우가 대부분이다. 정기 세일이나 쿠폰 행사처럼 좀 더 싸게 살 기회는 기다리면 수시로 온다.

몇 년 전부터 나는 해외에 나가도 더 이상 뭘 사 오지 않는다. 이제는 구매대행 업체들이 내놓는 가격이 현지에서 직접 사는 것보다 싼 경우가 허다하고, 설령 좀 차이가 난다 하더라도 물건을 캐리어에 싸들고 여행하는 수고로움에 비길 정도는 아니기 때문이다. 비슷한 이유로 해외 직구 역시 시들해졌다.

무엇보다 이제 쇼핑을 좋아하는 사람들 사이에서 브랜드 선망이 이전보다 많이 사라졌다. 물건의 품질이 상향평준화되고 가격대에 따라 어느 정도는 예측 가능하게 되면서 브랜드보다는 물건이 가진 감성이 더 중요해졌다. 일부를 제외

하고는 어떤 브랜드 제품이 세일을 한다는 이유만으로 덮어놓고 탐나는 시대가 지난 것이다. '그때는 있었고 지금은 없다'는 점에서 내게 폭탄 세일은 연애가 주는 설렘과 같은 감정을 선사한다.

신발은 모든 것을 말해준다

지하철이나 병원 대기실 같은 곳에서 멍하니 앉아 있다 보면 맞은편에 나란히 앉은 사람들의 발에 눈길이 머물 때가 있다. 그럴 때 신발만을 보고 그 사람의 이미지를 상상한 다음 시선을 끌어올려 그 사람의 전체 모습을 확인하는 혼자만의 놀이 비슷한 것을 하곤 한다. 재밌는 건 그 상황에서의 예측이 틀리는 일이 거의 없다는 것이다.

신발은 모든 착장을 완성하고 마지막으로 집을 나서기 직전에 신는 데다 사람의 일상적인 눈높이에서 벗어나 있어서 소홀하기 쉽다. 그러나 종종 보이지 않는 신발의 힘을 훅 느낄 때가 있다.

집에서 미리 옷을 입어보며 고를 때, 맨발인 채로 전신 거울에 비춰보면 도무지 맵시가 어떤지 감이 잡히지 않는다. 그러다 신발을 신고 다시 비춰보면 전혀 다른 옷, 다른 사람이 거울 속에서 불쑥 나타난다. 백화점 의류 매장 탈의실에 꼭 구두를 비치해 놓는 이유가 거기에 있다.

알면 알수록 신발이란 요망한 아이템이다. 어떤 사람을 만났을 때 그가 뭘 신었는지 눈여겨보는 사람은 드문데도 신발은 알게 모르게 실루엣 전체를 갈무리하고 이미지를 결정짓는다. 옷이나 가방 같은 것들이 의식의 영역 안에 있다면 신발의 시각적 효용은 타인의 무의식에서 더 깊게 작동한다.

어떤 신발을 신느냐에 따라 10년은 더 나이 들거나 어려 보일 수도 있고, 유연하게 소통할 수 있을 것 같아 보이거나 고집스러워 보일 수도 있다. 이건 얼마나 비싸고 유명한 신발을 신는가와는 별개의 이야기다.

사실 신발만큼 실용성과 멋 사이에서 선택의 알고리즘이 복잡한 물건도 없다. 옷이나 가방은 활동성에 따라 좀 거추장스러운 것도 참을 만하지만 신발만큼은 불편한 것을 신고 한 시간도 버티기 힘들다. 그러면서도 한 사람의 차림새와 예민하게 감응해 큰 차이를 만드는 것이다.

아주 편한 것과 아주 불편한 것 사이의 수많은 단계 중

사실 신발만큼 실용성과 멋 사이에서

선택의 알고리즘이 복잡한 물건도 없다.

어느 것을 의식하고 선택하느냐에 따라 그 사람이 어떤 사람인지 혹은 지금 어떤 사람으로 보이고 싶은지가 드러난다. 신발이 전체 이미지의 응축점이 되는 것도 그래서다.

어떤 사람이 정장에 운동화를 신었다고 해서 마냥 편안함만을 추구하는 사람이라고 생각한다면 그건 대단한 오해다. 정말 편안함만을 추구하는 사람이라면 평소에 정장을 입지 않을 것이고, 정장을 입어야만 하는 상황에서는 구두를 신을 것이다. 그리고 그 구두는 날렵한 소가죽창 구두가 아니라 앞코가 뭉툭한 인조고무창일 것이다.

운동화라고 해서 무조건 편한 것만은 아니다. 패션만을 위한 운동화 상당수는 디자인을 우선으로 고려하기 때문에 운동화라고 마냥 편하게 신었다가는 족저근막염을 얻기 십상이다. 실제로는 불편하지만 편해 보이는 운동화를 신는 사람과 형식만 갖춘 편한 구두를 구해 신는 사람, 그리고 정말로 편하기만 한 운동화를 신는 사람이 현상을 대하는 자세는 다르다.

나는 불편한 걸 잠시도 참지 못하면서 신발의 매력은 의식하는 인간형이라 실제 신는 신발들도 어중간하다. 갖춰 입어야 하는 날에는 하이힐을 싸들고 다니고, 조금이라도 걸어야 할 듯하면 스포츠 브랜드 운동화를 신는다. 운동화가 어울리지 않는 차림이라면 뮬이나 슬링백처럼 발을 조이지 않는 구두나 안정적으로 발목을 잡아주는 앵클부츠를 신는다.

그러나 이 좁은 선택지 안에서도 거의 본능에 가깝게 피하는 것이 하의와 조합이 맞지 않는 신발이다. '신발이 대변하는 패션'이라는 건 신발 자체만이 아니라 하의와 신발이 만나는 선까지 포함된다. 같은 디자인의 옷과 신발이라도 발목을 어디까지 어떤 모양으로 덮거나 드러내는가에 따라 확연히 다른 것이 된다.

그것이 다름 아닌 '유행'이고, 그래서 바지와 신발의 유행은 함께 움직인다. 절대 유행을 타지 않을 것 같던 무릎 길이의 롱부츠를 한동안 거리에서 보기 힘들었던 것도, 그것과 어울리는 스키니 팬츠의 유행 시기가 지났기 때문이었다. 왜인지 모르게 세련되어 보이는 사람, 어딘가 모르게 패션에 무뎌 보이는 사람의 인상이 의외로 이 경계에서 나오는 경우가 많다.

같은 맥락으로 만약 소심한 누군가가 나이나 이미지에 상관없이 안전하게 최신 유행에 동참하고 싶다면 요즘 인기 있는 신발을 먼저 선택한 다음에 거기에 어울리는 하의를 맞춰 입으면 된다.

길에서 비슷한 또래로 몰려다니는 사람들을 자세히 보면 어느 나이대건 서로 비슷한 신발을 신고 있다는 걸 알 수 있다. 아예 같은 신발을 신고 있는 경우도 흔하다. 정체성을 공유하는 친밀한 집단에서 비슷한 신발을 선택하는 것은 이상한 일이 아닐 것이다.

우리가 누군가를 처음 만났을 때 그 사람이 신은 신발이 마음에 쏙 든다면, 어쩌면 그 사람 또한 마음에 들지도 모른다.

왜 옷 사는 것보다
먹는 것이 덜 아까울까?

자주 드나드는 쇼핑 사이트에서 대대적인 세일 행사를
할 때였다. 할인 추천 목록에 내 취향인 홈웨어 이미지가 떠
서 클릭해 들여다봤다.

'할인해도 3만 원? 집에서 입는 바지 가격으로는 망설여지
는데……'

그래도 눈길이 가 한참을 더 살펴보다가 호주머니가 없
는 게 걸려 결국 마음을 접었다. 가격이 썩 흡족하지 않을 때
는 애초 원하던 조건에서 조금도 양보하지 않는다. 불필요한

쇼핑을 피했다는 안도감을 느낀 다음 순간, 나는 한정 할인 판매에 들어간 유명 갈비구이 세트를 발견했다.

'오, 3만 원이면 싸다!'

그걸 결제하는 데는 10초도 채 걸리지 않았다.

비슷한 가격이라도 옷이나 물건은 수없이 망설이다 구매를 포기하면서 먹을 것은 훨씬 쉽게 산다. 생각해 보면 식사 값의 절반도 안 되는 옷을 걸치고 레스토랑에 가는 것도 내겐 흔한 일이다. 어쩌다 나는 먹을 것에 가장 씀씀이가 후한 사람이 되었을까?

스스로 번 돈으로 처음 소비를 하기 시작한 무렵에는 먹는 데에 쓰는 돈이 가장 아까웠다. 내 유한한 재화와 맞바꾸는 상품이 이왕이면 소유라는 형태로 남는 것이었으면 했다. 소유라는 개념이 암시하는 항구성이 내 투자가 증발되지 않았다는 증거가 되어주는 것만 같았다.

그런데 이제는 정확히 같은 이유로 먹는 데에 쓰는 것을 가장 가치 있다고 느낀다. 소유해서 얼마나 잘 사용하느냐에 따라 가치가 결정되는 '물건'과는 달리 먹는 동안 행복하면 그만이고 시간과 동시에 소진되는 성질이 만족감을 준다.

독립적인 개인으로 존재하면서

상품을 통해 쾌락을 얻고

공동체나 자연에 피해를 덜 끼치도록

완전히 소진하는 게

가장 현대적인 소비자의 모습인 것이다.

남지 않아 오히려 들인 액수만큼 완전히 사용했다는 기분이 든다. 물건으로 비슷한 감정을 느끼려면 훨씬 신중해야 한다. 영원히 매일 볼 수 있는 물건이 그만큼 고정된 행복감을 보장해 주지는 않기 때문이다.

어림잡아 5만 번은 카드를 긁은 내 소비의 자취를 되짚어보면 '경험 소비'가 '물질 소비'보다 후회가 적다. 10년 전 어떤 옷을 샀는지는 기억나지 않지만 어디에 여행 가서 무얼 먹었는지는 또렷이 기억난다. 그리고 그 기억은 내 인지가 무사할 때까지 남아 내 인생의 자산이 되어줄 것이다. 이런 식으로 물건이 추억이 되려면 어떤 형태로든 경험이 결합되어야 한다. 안타깝게도 그런 욕구로 사는 게 가능한 물건은 여행 기념품 정도다.

여행지에서 하는 쇼핑도 경험이라고 생각한다. 그래서 일부러 시간을 내 현지 시장이나 대형 마트에 들르는데 그때도 주로 먹을 것을 산다. 여행에서 돌아와 며칠 동안 전리품을 까먹는 것은 비일상적인 경험의 여운을 연장시킨다. 그에 비해 기념품은 오히려 장식장에 정리해 두면 잊어버리고 말 일회성 짐덩어리가 되기 일쑤다. 여행에서의 추억을 영구 보관하는 일은 사진만으로도 충분하다.

소유를 스트리밍 형태로 누릴 수 있는 환경이 되면서 물질 소비조차도 경험 소비를 닮아가고 있다. 이제 '현재'를 소비하는 것은 가장 현대적인 문명의 흐름이 되었다. 현재라는 시간에 실질적으로 존재하는 개인을 얼마나 잘 조명하는가에 따라 현대성은 발달해 왔다.

독립적인 개인으로 존재하면서 상품을 통해 쾌락을 얻고 공동체나 자연에 피해를 덜 끼치도록 완전히 소진하는 게 가장 현대적인 소비자의 모습인 것이다. 개인과 크게 상관없는 패턴 같지만 점점 큰 흐름에 동화되어 갈 것이고 아마여기에 빨리 적응하는 이들이 여러 종류의 낭비를 막고 앞서갈 것이다.

그래서 나는 오늘도 스커트나 목걸이 대신 감바스 알 아히오 요리 재료를 결제하면서 내 현대성을 확인하고 있다.

지갑이여, 안녕!

누구나 시기에 따라 관심을 쏟는 아이템이 달라진다. 나도 마찬가지며 한때 그게 지갑이었던 때가 있었다. 지갑은 자연스럽게 눈길이 가는 상황이 자주 일어나는 물건이다. 계산을 할 때 꺼내 들거나 탁자 위에 올려놓고 있을 때가 많고 잠깐 나갈 때 손에 챙겨 들기도 한다. 그게 의식되었을 때 되도록 예쁘고 좋은 지갑으로 내 취향을 표현하고 싶었다. 하루에도 수십 번씩 접었다 폈다 하고 종일 손에 붙어 있기에 실제로도 소재가 좋은 것이면 더 좋기도 했다.

신분증, 신용카드, 도서관 회원증, 아파트 출입카드가 빈틈없이 꽂혀 있는 통통한 지갑은 그 시기의 내 정체성이었다.

그래서인지 건망증이라면 누구에게도 지지 않는 주제에, 살면서 지갑만은 잊고 다닌 적이 없다.

단 두 번 지갑을 잃어버린 적이 있는데 한 번은 유럽에서 꽃을 강매하던 집시가 칼로 가방을 베어 가져갔고 한 번은 2인조 병원 전문 털이범이 대기실에서 꺼내갔다. 그때마다 나는 얼마간 허탈함을 느낀 후, '어쩔 수 없이' 새 지갑을 사야겠다며 내심 설레는 마음으로 쇼핑에 나섰던 것 같다.

어른이 되어 지갑을 가지고 다니던 대부분의 기간에 나는 한 손에 쏙 들어오는 크기의 반지갑을 들고 다녔다. 그러다 어느 책에서인가 지폐가 접히지 않는 장지갑 쓰기를 권하는 내용을 보게 되었다. 사람은 자기도 모르게 자신이 좋아하고 아끼는 대상을 곁에 두게 되기 마련인데 돈도 마찬가지라는 논리였다. 지폐가 구겨지지 않게 장지갑에 잘 모셔서 정리해 두며 애정을 표현하는 사람들에게 부가 몰리더라는 목격담도 따라붙었다.

처음에는 '흥미로운 생각이군' 하고 넘겼다가 어느 순간부터 지갑을 반으로 꺾을 때마다 자꾸만 신경이 쓰였다. 마치 내가 지갑 속 지폐들을 학대하고 있는 것만 같았다. 그게 내 인생의 조각과 치환된 대상에 대한 연민인지, 새 지갑을 사고 싶은 음험한 무의식이 이끈 감정의 조작인지는 알 수 없지만 어쨌건 그때의 기분이 그랬다.

결국 평생 가질 일이 없을 것 같던 거대한 지갑을 나도 처음으로 사게 되었다. 새로 산 마젠타색 장지갑에 들어가 누운 지폐는 그제야 편안해 보였으며 플라스틱 카드도 마음껏 꽂을 수 있었다. 그때는 그것이 내 마지막 지갑이 될 거라고는 꿈에도 생각하지 못했다.

지갑 속 포켓에 꽂아두던 기능들이 하나씩 스마트폰으로 이동하면서 점차 뚱뚱하던 지갑이 얇아졌다. 급기야 지갑 없이 종일 외출을 해도 아무런 불편함이 없을 정도가 되었다. 한 번은 오랜만에 지갑을 들고 나가 현금으로 계산을 한 적이 있었는데 거스름돈 2만 원을 돌려주어야 할 직원이 몇 초간 당황한 기색으로 멈춰 있었다. 자세히 보니 내가 건넨 것은 5만 원이 아니라 5천 원권이었다.

후다닥 사과와 함께 지폐를 바꿔 내고는 같이 웃고 말았지만 나는 그게 이전 같으면 할 만한 실수가 아니라는 걸 느꼈다. 현금을 본 게 너무 오랜만이라 지폐에 대한 감을 잃은 것이었다. 같은 노란색 계통이지만 전혀 다른 색감, 다른 크기, 일부만 보아도 전체를 짐작할 수 있는 이미지 등을 순간적으로 구분해 내던 오감이 무뎌진 것이었다. 하나의 커다란 시기가 지금 막 지나가고 있구나, 긍정도 부정도 아닌 묘한 감정이 스쳤던 것 같다.

이제 지폐는 축의금이나 조의금으로 봉투에 넣을 때나 잠깐 만나는 대상이 되었고 내 소유는 은행 어플 속 숫자로 존재한다. 지갑은 약간의 비상용 현금과 각종 실물 카드를 보관하는 껍데기로 전락해 서랍 속에서 잠자고 있다. 가끔 지갑을 볼 때마다 이 녀석을 종일 쥐고 다니던 기억이 떠오르곤 한다. 쉽게 유행을 타거나 의상을 가리는 가방과 달리 지갑은 고스란히 손때를 타며 나와 함께 낡아져갔다.

물론 지갑이라는 아이템이 유물로 취급되기에는 아직도 많이 팔리고 있고 들고 다니는 이들이 적지 않다는 걸 알고 있다. 하지만 이미 외부 장기臟器이다시피 한 스마트폰에 지갑을 흡수시켜 버린 나는 다시 과거로 돌아갈 수 없다는 것 역시 알고 있다. 좋은 추억이 있지만 미래를 함께할 일은 없다는 확신이 드는 옛 연인처럼 말이다.

곧 다이얼 전화기나 VHS 비디오 재생기처럼 일상에서 사라지게 될 실물로서의 지갑은 수십 년 후 복고 감성 영화에서나 볼 수 있을지도 모르겠다. 아니, 그때까지 영화라는 영상 소비 형식이 남아 있기는 할까?

한 번쯤 내 삶을 바꿔보고 싶다면

쇼핑에서부터 시작하는 것도 괜찮은 방법이다.

단번에 삶의 질을 바꿔주는
물건들이 있다면?

몇 년 전에 산 세탁 건조기지요. 베란다에 널어 말리는 것과 뭐가 그리 다를까 싶었는데 막상 사보니 물건이 늘었는데도 삶이 더 단출해지더라고요. 사람들은 먼지를 털어준다, 장마철에 쾌적하게 세탁을 할 수 있다 등을 장점으로 꼽지만 저는 세탁 건조기의 가장 큰 장점이 바로 이것인 것 같아요. '삶을 더 단순하게 만들어주는 것.'

예를 들어 이불이 차지하는 공간이 줄어들었어요. 빨아서 그날 밤에 바로 덮을 수 있으니 여분이 필요 없지요. 같은 이유로 잠옷, 운동복, 수건처럼 매일 입고 닦아야 하는 물건들의 개수도 줄일 수 있었어요. 지금도 세탁 건조기는 쓸 때마다 기분이 좋아져요.

또 한 가지는 모든 종류의 무선 제품들이에요. 원래 제게는 이런 종류의 물건에 대한 불신이 있었어요. 항상 무선 제품들은 힘이 약하고 빨리 망가졌거든요. 하나씩 무선 버전으로 바꾸기 시작하면서 제 짐작보다 배터리 기술이 훨씬 발달했다는 것을 알게 되었어요. 청소기, 이어폰, 스피커, 키보드, 안마기……. 모두가 굳이 무선일 필요가 없다고 생각했던 것들인데 막상 써보니 상상보다 좋더라고요. 블루투스 만세!

2부

대체 센스는

어디 가서 사나요?

나는 '맛을 그리는 능력'이 있는 대장금처럼

'멋을 그리는 능력'이 있는 사람들에게 이렇게 물었다.

"그 물건을 어디서 샀는지는 알겠고요,

대체 센스는 어디 가서 사나요?"

센스를 삽니다

　쇼핑에 막 관심을 가지기 시작했을 때 내가 자연스럽게 눈을 뜬 것은 '브랜드'였다. 하나의 이름으로 정체성을 만들고 신뢰를 쌓았다는 믿음이 있었고, 광고 모델 등 근사해 보이는 사람들이 그 정체성을 이미지화해서 보여주는 게 길잡이 역할이 되기도 했다. 쇼핑에 실패하기 싫었던 나는 유명 브랜드 제품을 꼭 눈으로 보고 사서 리스크를 줄이는 방법을 택했다.

　하지만 무슨 이유에서인지 아무리 준비를 해도 그렇게 쇼핑한 물건들이 내게 기대한 만큼의 만족을 주지 못했다. 뭘 사도 자신에게 착 붙는 것을 사는 사람들을 흉내 내는 것조차 불가능해 보였다. 그건 방향치인 내가 가끔 아는 곳에서도 길을 잃을 때 느끼곤 하는 당혹감과 비슷한 것이었다. 남들에게 있는 기능키 하나가 나에게만 처음부터 없는 것 같은 기분이었다.

나는 '맛을 그리는 능력'이 있는 대장금처럼 '멋을 그리는 능력'이 있는 사람들에게 이렇게 묻고 싶었다.

"그 물건을 어디서 샀는지는 알겠고요, 대체 센스는 어디가서 사나요?"

한참이 지나서야 나는 내 문제가 타고난 센스에만 있지 않다는 것을 알게 되었다.

내 가장 큰 문제는 절대로 쇼핑에 실패하지 않겠다는 결심이었다. '절대로 실패하지 않을 쇼핑'이란 처음부터 내 취향은 배제하는 개념이다. 물건의 질이나 용도에 대한 적합성, 가격을 모두 만족시켜야 성공하는 쇼핑이 되는 셈인데 알고 보면 그런 물건은 유니콘과 같은 것이었다. 있을 법하지만 실재하지 않는다. 대부분의 좋은 물건은 앞에서 이야기한 미덕 한두 가지와 취향의 결합으로 선택될 뿐이다.

'이건 내가 좋아하는 초록색이기는 한데 너무 튀어. 같은 것으로 자주 입을 수 있는 검은색으로 사야지.'

'이 질 좋은 게 70퍼센트 세일이라니! 이 구두는 무조건 사야 해!'

이런 식으로 취향이 배제된 채 선택된 물건들은 결국 어떤 면에서도 만족을 주지 못한다. 물론 취향을 최우선으로 반영한 쇼핑이 실패할 수도 있다. 아니, 한동안은 틀림없이 실패할 것이다. 하지만 센스란 곧 관심이고 여러 시도를 통해 얻은 데이터다. 그러니 취향에 귀를 기울인 쇼핑을 해보지 않은 사람은 그 귀하다는 센스를 얻을 수 없고, 끝까지 성공적인 쇼핑을 해볼 수도 없을 것이다.

그 취향이라는 게 꼭 예쁜 것, 좋은 것만을 의미하지는 않는다. 나는 몇 년째 겨울마다 못생긴 가습기를 꺼내 쓰고 있다. 대체재를 발견하지 못한다면 지금 쓰는 것이 고장 났을 때 같은 것을 살 용의도 있다. 내가 물건 들이는 것에 신중한 걸 아는 지인들은 그 가습기를 볼 때마다 기함을 하곤 한다. 보기 좋은 것이 아니면 집안에 두지 않는다고 자주 말하는 내 취향에 어울리지 않는 물건으로 보이기 때문이다. 하지만 역설적이게도 내가 그 가습기를 고집하는 이유 역시 다름 아닌 내 취향 때문이다.

그 가습기는 독보적으로 세척하기가 쉽게 되어 있는데 나는 매일 가습기 청소를 정성 들여 할 만큼 부지런한 사람이 아니다. 부지런함이 필요하다면 제아무리 아름답고 기능이 좋더라도 내 취향이 아니다. 전에는 비슷한 이유로 로봇 청소기를 없앤 적도 있다. 로봇 청소기는 센서가 달려 있는 예민한 가전이라 자주 분해해서 청소를 해야 하는데, 청소기를 청소하는 것보다 차라리 직접 청소를 하는 게 나에게 맞았다.

어느 순간부터 취향이 고도의 세련됨만을 의미하는 게 아님을 알게 되었다. 탁월한 감각이 없더라도 쇼핑이라는 행위에 겁 없이 자아를 싣고 결정한 그 선택에 자신감을 갖는 사람은 멋져 보인다. 취향에 귀 기울여 고른 물건들이 일관성을 띠고 그 사람의 자아를 표현해 주기 때문이다. 그리고 그런 물건들은 주인과 조응한다. 물건에 반영한 취향이 다시 주인에게 영향을 주는 셈이다.

어차피 물건 고르는 직업을 가진 게 아닌 이상, 그 사람을 빛나게 하는 물건 고르는 센스란 결국 자신에게 선택의 기회를 주는 용기에서 나온다.

안 사본 사람들이
어쩌다 더 큰 낭비를 하는 이유

소비 여력이 비슷한 두 사람이 있다고 가정해 보자. 그 중 한 사람은 쇼핑에 관심이 많아 쇼핑을 자주 하고, 다른 한 사람은 쇼핑을 거의 하지 않다가 몰아서 한다. 누가 더 낭비할 가능성이 높을까? 사람들 대부분은 쇼핑을 좋아하고 자주 하는 사람 쪽에 표를 던질지도 모른다. 좋아하는 일에 더 지갑을 많이 열 거라고 예상하는 게 논리적으로 더 타당한 일이니까. 그런데 실제로는 다른 논리가 적용된다.

평소 쇼핑에 시간과 돈을 잘 쓰지 않는 사람들이라도 주기적으로 제대로 된 쇼핑의 필요성을 느낄 때가 있다. 이때 이들은 대개 어처구니없는 쇼핑을 하곤 한다. 불필요하게 스펙이 좋은 장비를 산다든지, 몇 번 입지 못할 디자인의 비싼 옷을 덜컥 산다든지 하는 식이다. 이들의 큰맘 먹은 쇼핑에는 이유가 있다.

일상에서 쇼핑을 잘 하지 않는 이들은 어쩌다 하는 쇼핑의 효율이 좋기를 바란다. 이왕이면 돈 쓴 티가 나고 한동안 쇼핑을 다시 안 해도 될 만큼 좋은 것을 선호한다. 그래서 가격에 상관없이 좋아 보이는 것을 사는데, 그런 쇼핑이 성공하는 경우는 드물다. 크게 투자한 쇼핑이 만족스럽지 못하니 다시 의욕을 잃고 쇼핑 무용론자로 돌아간다. 생필품처럼 필요한 물건은 그때그때 손에 닿는 것 중에서 싼 것으로 채운다.

이들에게 가장 위험한 건 '찾아오는 쇼핑'이다. 본인이 직접 쇼핑을 하러 다니지는 않지만 어쩌다 쇼핑 기회를 만나게 되면 깊이 생각하지 않고 마구 사들이기도 한다. 채널을 돌리다 우연히 본 TV 홈쇼핑 물건이 좋아 보여 3년 걸려도 다 못 쓸 세트 상품을 주문한다든지, 친구와 함께 걷다가 들어가 본 가게에서 뭔가를 마구 산다든지, 아는 사람이 추천하는 물건을 검증도 하지 않고 종류별로 싹쓸이하는 식이다. 단 하나의 유인 요소만 있어도 기다렸다는 듯 폭풍 같은 쇼핑을 한다. 쇼핑 경험이 없다 보니 이런 상황을 맞닥뜨리면

평소 쇼핑에 시간과 돈을 잘 쓰지 않는 사람들이라도

주기적으로 제대로 된 쇼핑의 필요성을 느낄 때가 있다.

이때 이들은 대개 어처구니없는 쇼핑을 하곤 한다.

이왕이면 돈 쓴 티가 나고 한동안 쇼핑을

다시 안 해도 될 만큼 좋은 것을 선호한다.

그래서 가격에 상관없이 좋아 보이는 것을 사는데,

그런 쇼핑이 성공하는 경우는 드물다.

용도에 따른 적절한 소비 방향과 규모를 가늠하지 못하고 사게 되는 것이다.

소비 여력이 비슷한 사람들은 어차피 비슷한 돈을 쓰게 되어 있다. 미리 저축이나 예금을 해서 인위적으로 소비 여력을 줄여놓지 않는 한 어떻게든 한도를 꽉 채워가며 통장을 비운다. 문제는 그 안에서 누리는 소비의 질이다. 같은 한계 안에서도 누군가는 '내가 이 맛에 돈 벌지' 하고 느끼고, 누군가는 도둑맞은 기분으로 다음 월급날을 기다린다. 선입견과 다르게 쇼핑을 좋아하는 사람들이 전자일 가능성이 더 많다.

쇼핑을 정말 좋아하는 사람들은 쇼핑하는 행위뿐 아니라 쇼핑의 대상에도 관심을 갖는다. 연애라는 이벤트가 아니라 상대에게 관심을 가지고 상대의 마음을 들여다보고 사랑하는 게 진짜 연애이듯이 쇼핑도 그러하다. 그래서 쇼핑을 정말 좋아하는 사람들은 물건을 마구 사들이지 않는다.

나는 어떤 물건에 대해 관심이 생기면 결제창을 띄우기 전에 먼저 그 물건의 속성과 이력을 찾아본다. 동업자를 찾듯 자기소개서를 읽어보고 평판 조사를 하는 것이다. 그리고 물건이 나에게 온 장면을 상상하며 그 물건의 미래를 시뮬레이션 해본다. 아무리 탐이 나던 물건이라도 머지않아 애물단 우리가 왜 힘들여 돈을 버는지를 생각해 보라.

같은 소비 여력 안에서 쇼핑으로 더 행복할 수 있다면

그 길을 택하지 않을 이유가 있을까.

지가 되는 장면이 그려지면 사고 싶은 마음이 뚝, 사라진다. 반대의 경우 한 가지 물건을 사도 세 가지를 산 것 같은 충족이 느껴진다.

이런 과정을 시간과 에너지 낭비라고 여기는 사람도 분명히 있겠지만 적절한 가격의 적은 물건으로도 만족을 느낄 수 있는 쇼핑 패턴은 소비 규모를 줄여나가고 저축이나 투자를 늘리는 데 도움이 된다.

쇼핑을 하지 않는 것만을 무조건 절약이라고 생각하기보다는 어차피 내가 써야 할 물건들이라면 그것에 관심을 기울이는 쇼핑을 시도해 보는 것이 낫다. 우리가 왜 힘들여 돈을 버는지를 생각해 보라. 같은 소비 여력 안에서 쇼핑으로 더 행복할 수 있다면 그 길을 택하지 않을 이유가 있을까.

천 원 싸게 사려고
검색하는 건 시간 낭비일까?

친구가 집에 놀러와 함께 시간을 보내고 있을 때였다. 그는 한창 수다를 떨다가 갑자기 휴대폰을 꺼내 무언가를 검색하기 시작했다. 집에 쌀이 뚝 떨어졌는데 기억이 났을 때어서 주문해 놓아야 한다는 것이었다. 5분 정도의 시간 동안 최저가를 찾아내고 주문까지 마친 친구가 휴대폰을 탁 내려놓더니 자조적으로 말했다.

"천 원 아끼려고 이렇게 가격 비교나 하고…… 이러고 있을 시간에 차라리 좀 더 생산적인 일에 투자하면 좋을 것 같은데 습관이 잘 안 고쳐진다."

어쩌면 그는 오랜만에 본 친구 앞에서 딴청을 부린 것 같아 변명 삼아 그렇게 말했을 수도 있다. 대화 도중에 쇼핑한 것이야 아무렇지도 않았지만 나는 그의 말에 동의할 수는 없었다. 천 원을 아끼려고 검색을 하는 것, 그게 꼭 고쳐야 할 습관일까?

가끔 최저가 검색을 하지 않고 척척 결제하는 삶을 살면 좋겠다는 한탄을 접하곤 하는데, 그럴 필요가 없는 사람들도 같은 물건을 더 싸게 사는 걸 좋아한다.

어느 늦은 저녁 가깝게 지내는 한 지인에게서 급한 연락을 받은 적이 있었다. 메시지 내용을 보니 내가 가입되어 있는 어느 멤버십 회원 번호를 알려줄 수 있느냐는 것이었다. 방금 레스토랑에서 일행과 식사를 했는데 내가 갖고 있는 멤버십으로 5퍼센트 할인이 되었던 게 생각났다는 것이다. 그는 성공한 자산가로 나와 연락을 주고받을 시간과 에너지를 일로 치환하는 게 더 효율적일 사람이었다. 그런 사람들에게도 같은 것에 더 많은 값을 치르기가 아까운 건 마찬가지다. 은행이나 카드사, 백화점의 VVIP 서비스 주요 혜택이 '할인'인 것을 보면 쉽게 짐작할 수 있는 일 아닌가.

긴 시간 관찰해 보니 지출에 대한 그러한 '태도'와 '부富'라는 결과물 사이의 인과관계도 무시할 수 없는 것이었다. 더

구나 나처럼 평범한 소비 수준인 사람이라면 몇 분 검색에 천 원을 아낄 수 있는 노동은 분명히 가치 있는 것이다.

쇼핑 초보가 처음 판매처를 알아보고 비교를 해볼 때에는 시간이 꽤 걸릴 수 있다. 직접 가서 보고 사는 게 나을지 배송비를 내더라도 온라인 쇼핑을 하는 게 나을지, 온라인으로 정했다면 어떤 기준으로 어디서 검색을 하고 어떤 조건으로 필터링을 해야 할지 선택의 순간마다 머리가 아플 수도 있다.

그러나 초기에 이런 경험을 몇 번만 거치면 별로 시간이 들지 않는 자신만의 쇼핑 루틴이 생긴다. 필요한 쇼핑 정보를 얻을 수 있는 경로도 알게 된다. 꼭 최저가가 아니라도 믿을 만한 쇼핑몰에서 구매 이력을 쌓아 포인트를 받는 게 나을 수도 있다. 이런 단골 업체도 시간이 지나면 주기적으로 변하게 되지만 금세 적응한다. 그렇게 쌓이는 경험은 점차 무시할 수 없는 쇼핑 이력이 된다.

작년에 15년 만에 세탁기를 바꾸면서 건조기를 함께 들였다. 15년을 쓰고도 고장이 나지 않은 전임자(?)의 수명을 고려해보니 물건을 고르는 게 여간 신경 쓰이는 것이 아니었다. 평소보다 좀 더 시간을 써 알아보는 건 당연한 일이었다.

그러다 나는 같은 물건인데도 세탁기와 건조기 세트 상품이 두 물건을 따로 사는 것보다 수십 만 원이나 더 비

세상에 존재하는 대부분의 쇼핑 대상과

형태를 체험해 보고 알게 된 것은

정보의 값이 생각보다 비싸다는 것이다.

싸다는 것을 알게 되었다. 우유를 사더라도 묶음 상품을 사면 에누리를 해주는 게 쇼핑 세계의 원칙이거늘 이상한 일이었다.

알고 보니 결코 싸다고는 할 수 없을 물건을 한꺼번에 사는 사람들이 할인은커녕 더 비용을 치르게 되는 것은 정보의 문제였다. 검색어 몇 번만 눌러보면 알 수 있는 정보였지만 그걸 귀찮아하거나 모르는 사람들은 그만큼 더 비용을 치르고 물건을 사게 되는 구조였던 것이다.

세상에 존재하는 대부분의 쇼핑 대상과 형태를 체험해보고 알게 된 것은 정보의 값이 생각보다 비싸다는 것이다. 그리고 쇼핑의 덩어리가 클수록 직접 발로 뛰어야 진짜 필요한 정보를 알 수 있다. 쇼핑 상황이 수시로 변하는 데다가 자신의 처지와 필요에 따라 정보의 방향도 달라지기 때문이다. 앞에서 예를 든 세탁기와 건조기 이야기도 당신이 글을 읽는 시점에서는 상황이 달라져 있을 가능성이 높다.

정보에 열려 있는 태도를 갖추게 되면 일생에 거쳐 많은 것을 아낄 수 있고, 그것을 바탕으로 삶의 질이 우상향한다. 천 원 아끼는 습관이 천만 원 혹은 수억 원을 아끼는 것으로도 연결된다면 그 수고를 무시할 수만은 없을 것이다.

최저가 어떻게 찾나요?

❖ 포털 사이트에 구매할 물건명을 검색하면 거래 중개 사이트에서 추가 할인을 해주는 경우가 있어요.

❖ 무조건 최저가순으로 설정하면 찾는 물건과 관계없는 상품부터 나와요. 스마트폰을 찾는데 500원짜리 휴대폰 그립톡이 나오는 식이지요. 대략의 가격 범위를 설정하고 최저가순으로 배열하면 돼요.

❖ 높은 가격대의 물건을 사려면 세일 기간에 무작정 구매하지 말고 평소 가격대를 봐두는 게 좋아요. 세일이 시작되면 원래

가격을 올리고 할인 쿠폰을 제공하는 경우도 흔하답니다.

❖ 가격대가 무난한 전문몰이 있다면 그곳에서만 고정 구매를
하면서 포인트를 모으는 것도 좋은 방법이에요.

❖ 일단 검색에 익숙해져 자신만의 구매 방식을 찾으면 너무 많
은 시간을 최저가 찾는 데에 쓰지 마세요. 이미 산 물건의 가
격은 다시 검색하지 마시고요.

안목과 씀씀이의
차이를 벌리면 일어나는 일들

지금 사는 집에 이사했을 때였다. 이사할 때마다 그렇듯 살림이 들어오면 더는 건드리기 힘든 부분까지만 최대한 손보고 나머지는 살면서 채워나가기로 했다. 그중 가장 신경 쓰이는 것이 식탁등이었다. 대체로 무난하게 꾸며져 있는 집이라면 식탁 위 세련된 펜던트 조명 하나가 집안 전체 분위기를 바꾸어주기 때문이다.

나는 그 중요한 새 식탁등을 찾아 틈틈이 인테리어 전시장이나 조명 가게들을 다니곤 했다. 그게 벌써 5년 전이고, 우리 집 식탁 위에는 입주할 때 그대로의 기본 식탁등이 여전히 매달려 있다. 취향에 맞는 멋진 것을 발견하기를 기다리다가 어영부영 시간이 흐른 것이다.

물건 구경하기 좋아하는 나는 오래전부터 좋은 가구나 인테리어 소품들을 많이 봐왔다. 그러다 보니 품질 좋고 아름다운 것들에 눈이 익숙해졌다. 하지만 이런 품목은 가격이 상상을 초월한다. 사실 펜던트 조명 정도야 마음먹으면 무리해 볼 수도 있겠지만 문제는 눈에 차는 물건들이 천장이 낮은 한국형 아파트에 맞지 않는다는 것이었다. 얼추 취향을 양보해 공간에 들어맞는 것을 보자니 흡족하지 않은 마음에 비해 가격이 터무니없었다. 이쯤 되면 식탁등에 할당했던 예산을 안 쓴 게 아니라 못 쓴 것이다.

좋은 물건을 계속 접하면서 가치 기준을 아주 높여버리면 재미있는 일이 생긴다. 도리어 돈을 쓰지 못하는 상황이 자주 일어나는 것이다. 우리 집에는 식탁등과 같은 운명에 처한 물건들이 꽤 있다.

이사 후 거실의 소파 위 빈 벽에는 액자가 절실했는데 그때는 원고 작업 때문에 유럽 미술관 투어를 하고 난 후 한창 '명화 후유증'에 시달리던 시기였다. 고흐와 마티스에 푹 빠져 있었으니 웬만한 유화는 눈에 들어오지 않았고 질감이 없는 인쇄물은 걸기 싫었다. 화랑을 다녀보기도 했으나 욕심대로 크기가 크고 실내 분위기에 어울리면서 통장 잔고를

신경 쓰지 않고 살 수 있는 작품은 없었다.

하루는 인테리어 대형 매장에 행주를 사러 갔다가 그 벽에 맞춤인 액자를 발견했다. 그 브랜드에서 정식으로 저작권을 구매해 만든 피카소의 드로잉 카피였는데 그게 마음에 들었다. 그렇게 해서 임시로 거실 벽에 걸린 3만 원짜리 그림 역시 4년째 그 자리를 지키고 있다. 공간에 어찌나 잘 어울리는지 놀러 오는 손님마다 묻곤 한다.

"저 그림 괜찮네. 아는 사람이 그린 거야?"

나는 아직 새 식탁등도, 새 그림도 포기하지 않았다. 그것들을 만나기 전에 이 집에서 또 다른 집으로 이사를 갈 수도 있지만 어쨌거나 그렇다. 나는 어쩌면 욕망의 여백을 즐기는 것일지도 모른다. 사람이 욕망하는 상태에 이를 때 나오는 쾌락 호르몬인 도파민은 욕구 충족이 예상될 때도 분비된다. 여행을 떠났을 때 못지않게 여행을 준비할 때도 신이 나는 것은 여행지에서 일어날 일들을 떠올리기 때문이다.

그래서일까. 나는 나를 설레게 하는 물건을 발견할 때 혹은 그런 물건을 찾아 나설 때 이미 충족된 기분을 느낀다. 물건을 얻고 나서의 만족감은 의외로 짧다. 하지만 그것들을 쇼핑 만족도는 곧 인생 만족도와도 연결된다.

이런 사람들에게 애매하게 비싼 물건은

진심으로 못 사는 게 아니라 안 사는 것이니까.

욕망을 음미할 수 있는 삶은

욕망이 채워지는 삶보다 근사하다.

손에 넣기 전까지 느껴지는 욕망의 꿈틀거림은 살아 있는 기분을 느끼게 한다.

한정판 인형을 모으는 게 취미였던 지인이 있다. 그런 그가 하던 일이 잘되어 돈으로 하지 못할 일이 없는 상태가 되었다. 이제 온 세상의 희귀한 인형을 다 모으겠구나 싶었는데 의외로 집에 가보니 인형이 별로 늘지 않았다.

그의 말로는 손쉽게 손에 넣을 수 있게 되고부터 더 이상 인형을 모으고 싶은 마음이 들지 않는다고 했다. 한두 번 희귀 한정판을 주문했다가 감흥이 없어 이제 수집을 그만두었단다. 욕망의 크기와 방향이 달라지기는 했지만 최소한 그의 삶에서 어떤 종류의 즐거움 한 가지가 사라진 것만은 분명하다. 부족함이 있어야 행복한 거라는 뻔한 말을 하자는 게 아니다. 어차피 다 채울 수 없는 삶이라면 욕망의 속성을 이용하는 건 꽤나 영리한 선택이 된다.

수입이 불규칙한 나는 일찌감치 강제 저축 장치를 마련해 놓아서 벌이가 좋을 때에도 씀씀이가 별로 늘어나지 않았다. 반면에 물건에 관심을 가지고 좋은 물건들을 자꾸 보게 되니 욕망의 역치는 높아져 버렸다.

소비 여력은 낮은 상태에서 욕망의 역치가 높아지면 분수에 안 맞는 소비로 파산의 길로 갈 것 같지만 그렇지 않다.

50만 원 정도의 가방에 만족할 수 있는 취향이면 월급으로 어느 정도 접근이 가능하기 때문에 틈날 때마다 사들여 통장을 구멍 낼 가능성이 크다.

그런데 천만 원짜리 가방에 취향이 꽂히게 되면 어차피 충족되지 못할 욕망에 50만 원이라는 돈을 쓰기가 싫어진다. 대신 좋은 물건에 익숙해진 안목은 가격에 비해 좋은 물건을 만나면 재빨리 알아볼 수 있어 궁극의 욕망과 절약 사이의 타협점에서 또 다른 만족감을 얻게 된다. 그런 물건을 만나기란 쉽지 않아서 웬만해서는 지갑을 열지 않는다.

손톱깎이나 칫솔꽂이 같은 품목에서나 최고급품 구매가 가능한 평범한 소비 여력이라면 이런 안팎의 모순이 도리어 쇼핑 만족도를 높여준다. 쇼핑 만족도는 곧 인생 만족도와도 연결된다. 이런 사람들에게 애매하게 비싼 물건은 진심으로 못 사는 게 아니라 안 사는 것이니까.

요즘도 나는 어딘가에서 눈에 들어오는 물건을 발견하면 그 사실만으로도 기분이 좋아진다. 또 취향에 꼭 맞는 식탁등을 어디선가 만나게 될 일을 상상하면 설렌다. 욕망을 음미할 수 있는 삶은 욕망이 채워지는 삶보다 근사하다.

멀티 제품은
병따개만 쓸모 있더라

일거양득, 일석이조, 일타쌍피, 도랑치고 가재 잡고, 꿩 먹고 알 먹고, 누이 좋고 매부 좋고…… 한국에는 유난히 복합이득에 관한 금언이 많다. 효율 사회라서인지 여러 용도로 쓸 수 있는 한 가지 물건이 보다 관심을 끌곤 한다. 나 역시 그런 물건에 매력을 느낀 적이 있었다.

하나를 사더라도 똘똘한 것을 사야 한다는 결심이 엉뚱하게도 '일타쌍피'가 가능한 물건들을 모으는 애매한 취향으로 발을 헛디디게 한 것이었다. 결론부터 말하자면 모두의 연인이 누구의 연인도 아니듯 여러 가지 기능이 있는 물건은 오히려 아무 기능도 하지 못했다. 그걸 깨달은 나는 물건 고르는 습관을 바꾸기로 했다.

내게 '멀티'라는 설명글이 붙은 것들 중 손때 묻히지 않고 수명을 넘기고 마는 품목 1위는 화장품이라고 단언할 수 있다. 눈, 입술, 볼에 두루 사용할 수 있다는 색조 화장품은 눈이나 입술 위에서는 발색이 안 되고 볼에서는 과한 경우가 허다하다. 입술, 팔꿈치 등 건조한 부위 어디에나 바르라는 멀티밤은 대개 어디에 발라도 바르나마나다.

옷과 소품들은 그나마 나은 편이긴 하다. 뒤집어서 두 가지 디자인으로 쓸 수 있거나 팔과 아랫단 혹은 내피가 탈착 가능한 것들 말이다. 그러나 이게 그 기능들을 다 유용하게 쓸 수 있다는 의미는 아니다.

손이 잘 가는 멀티 제품의 공통점은 처음부터 그 물건의 한 가지 기능만을 보고 샀다는 것이다. 나에게는 한 번도 뒤집어본 적이 없는 리버시블 가방과 내피를 떼고 입어본 적이 없는 투웨이 코트가 있다. 어깨에 지퍼가 달린 조끼 겸용 방한 점퍼도 한 번도 팔을 떼어낸 경험 없이 잘 쓰고 있기도 하다. 반대로 원래 달려 있던 털목도리를 아예 떼어내고 입는 외투가 있기도 하다. 그러니까 이 물건들의 멀티 기능은 원래 마음에 드는 물건들에 우연히 딸려 있는 것이었을 뿐 그것이 구매 동기가 아니었다는 말이다.

생각해 보면 한 가지 물건으로 여러 욕구를 충족시킨다는 게 왜 불가능에 가까운 일인지 알 법도 하다. 모든 필요에는 양면성이 존재한다. 스펙이 좋은 노트북은 상대적으로 무겁고, 따뜻한 옷은 둔하다. 물론 잘 만든 물건은 스펙이 좋으면서도 덜 무겁고, 따뜻하면서도 덜 둔하다. 그러나 선택한 중심 기능에 따라오는 부작용을 줄이는 것일 뿐 두 가지 욕구를 모두 완벽하게 채워주지는 않는다. 그리고 그 부작용의 간극을 채우는 것은 가격이다.

어떤 물건에 만족하려면 우선 내가 가장 원하는 특성이 무엇인지 알고 목적을 정해야 한다. 가장 중심이 되는 쓸모를 선택하고 나머지는 포기하거나 비용으로 보전할 각오를 해야 실패할 확률이 적다. 다시 말해 고스펙이면서도 가볍고 가격도 싼 노트북은 없다고 생각해야 한다.

'좋은 것' '자주 쓸 수 있는 것'이라는 막연한 목적은 하나로 여러 필요를 채우고 싶다는 욕심을 낳는다. 그 욕심은 종종 한 가지 물건으로 해결될 필요를 두세 개의 물건을 사들이고서야 마무리되기도 한다.

어떤 분야든 고수들은 유무형의 상품을 기획할 때 가장 중요한 것이 '타기팅'이라고 말한다. 아주 좁은 타깃 층의 욕구를 확실히 충족시키면 그들의 만족이 확산되어 다른 대상

어떤 물건에 만족하려면

우선 내가 가장 원하는 특성이 무엇인지 알고

목적을 정해야 한다.

가장 중심 되는 쓸모를 선택하고

나머지는 포기하거나 비용으로 보전할 각오를 해야

실패할 확률이 적다.

다시 말해 고스펙이면서도 가볍고 가격도 싼

노트북은 없다고 생각해야 한다.

까지 사로잡게 된다는 것이다.

물건이 필요할 때 내 욕구 안에서도 타기팅이 필요하다는 생각이 들 때가 많다. 이를테면 겨울 외투를 쇼핑할 때 '승용차로만 이동하고 격식을 갖추어야 하는 날 입을 코트. 방한 기능 그다지 필요 없음'처럼 목적을 좁게 정하는 것이다. 그러면 의외로 예상한 상황보다 훨씬 자주 입게 되더라는 말이다. 따뜻한 겨울날 도보 이동할 때, 가까운 동네 외출, 꽃샘추위 자주 오는 봄날까지 활약하는 코트를 얻게 되는 것이다.

한 가지로 타기팅한 물건이 일단 마음에 들게 되면 부수적인 목적으로까지 활용되는 경우가 많다. 멀티 기능을 포기할 때 오히려 멀티 기능이 작동하게 되는 모순은 쇼핑에도 삶에도 늘 있다. 핵심을 충족시키는 요소는 좀 부족하다 싶은 다른 면까지 만족감으로 덮어버리는 힘이 있기 때문이다.

이 글을 쓰면서 주변을 뒤져보니 내게는 멀티 제품이 거의 없기는 하다. 멀티 컬러 볼펜조차 질색하는 내가 유일하게 멀티 기능을 염두에 두고 산 물건은 병따개 하나다. 코르크 마개를 딸 수 있는 스크루와 탄산음료 병따개, 통조림 따개가 결합되어 있는데 한결같이 뚜껑이 뻑뻑 잘 열린다.

하지만 그것마저도 휴대성은 없는 묵직한 물건이라는 것을 깨닫고 실소가 나온다. 무언가를 포기할 때 오히려 만족할 수 있다.

가성비 vs 싼 게 비지떡

처음 내 손으로 무언가를 사는 나이가 되었을 때 어른들에게 듣는 쇼핑 조언들은 비슷했다.

'뭘 사야 할지 모르겠으면 비싼 걸 사라.'
'가격만큼 정직한 게 없다.'
'싸고 좋은 물건은 없다.'
'하나를 사더라도 제 돈 주고 제대로 된 걸 사라.'

쇼핑 이력, 그리고 세상살이 이력이 쌓이면서 이 지당한 진리를 확인하게 될 때가 많았다. 비싼 물건은 뭐가 좋아도 좋았고, 싼 건 역시 비지떡이었다. 자본주의 사회에서 등가 교환은 암묵적인 정의고, 적게 지불하고 많은 것을 누리려는 심보는 짐작보다도 조악한 물건을 뒤늦게 확인함으로써 벌을 받는다. 그런데 말이다. 요즘은 절대 진리로 보였던 이 가격의 황금률을 수정해야 하는 시대가 되었다는 생각이 든다.

도통 물건에 대한 정보를 알 수 없었던 이전 세대 사람들은 브랜드나 판매자의 보증에 의지할 수밖에 없었다. 믿을 만한 이들이 만들거나 파는 물건들은 확실히 품질이 좋았다. 정보를 독점한 그들이 보증의 대가로 가져가는 지분이 컸지만 파는 사람이나 사는 사람이나 그래도 괜찮다고 생각하던 시대였다.

그러나 2000년대 중반 인터넷이라는 도구가 장소의 구애를 받지 않는 모바일 시대가 열리면서 정보의 값이 급격히 싸지기 시작했다. 쉽게 연결되어 집단지성을 갖게 된 사람들은 더 이상 물건 파는 사람들에게 정보를 의탁하지 않게 되었다.

원가, 유통 마진, 기능에 대한 실용성까지 찾으려들면 얼마든지 찾아지는 요즘 세상에서는 예전처럼 비싼 보증의 대가를 치를 필요가 없다. 이제 사람들은 모든 기능을 10퍼센트씩 올리고 열 배의 가격을 받는 물건 대신 자신에게 필

'가격 대비 성능'이 좋은 상품을

'가성비가 좋다'라고 표현하는데,

이것은 마냥 싸구려를 의미하지 않는다.

가성비의 방점은 성능에 있다.

가격에 비해 좋은 품질, 좋은 기능, 좋은 물건 말이다.

그런데 요즘 같은 상대주의 시대에는

'좋은 물건'이라는 개념도

절대적인 게 아니라 상대적이다.

요한 기능 한두 가지만 제대로 갖추고 가격도 적당한 것을 고를 줄 알게 되었다. 그렇게 해서 탄생한 말이 '가성비'다.

'가격 대비 성능'이 좋은 상품을 '가성비가 좋다'라고 표현하는데, 이것은 마냥 싸구려를 의미하지 않는다. 가성비의 방점은 성능에 있다. 가격에 비해 좋은 품질, 좋은 기능, 좋은 물건 말이다. 그런데 요즘 같은 상대주의 시대에는 '좋은 물건'이라는 개념도 절대적인 게 아니라 상대적이다. 모두에게 모든 면이 좋은 물건보다는 내 필요에 따라 좋은 물건이 좋은 것이다. 그 필요 요소는 실용적인 것일 수도 감성적인 것일 수도 있다.

요즘 내가 들이는 물건들을 보면 점점 가격이 극단적이 되어간다고 느낀다. 이를테면 액체 손비누 같은 경우 3천 원 안팎이거나 아예 5만 원 이상인 것을 사곤 한다. 손을 씻는다는 실용성에 방점을 둘 때는 인터넷 평판을 보고 기능에 충실한 것을 고르고, 향기와 럭셔리 제품이 주는 감성으로 기분 전환하고 싶을 때는 물비누 치고 꽤 비싼 것을 산다.

내가 원하는 부분에만 값을 치르고 싶고 브랜드가 제안하는 무난한 토털 패키지에 웃돈을 주고 탑승하고 싶지 않다. 만 원짜리 티셔츠와 명품 브랜드 재킷을 겹쳐 입거나 사은품으로 받은 에코백과 수백만 원 가죽 가방을 번갈아 드는 것도 같은 맥락이다.

이제 가성비라는 목적을 두고 물건을 골라도 크게 실패할 걱정을 하지 않는 것은 그동안 물건의 질이 상향평준화된 덕도 크다. 가격이 싸더라도 그 값조차 못하는 물건들은 디지털 평판이 나빠져 시장에서 금방 도태된다.

어느 정도 품질의 하한선이 보장되었다 해도 물건을 사는 사람들은 더 똑똑해져야 한다. 가성비 아이템은 필요를 충족시킬 수 있는 폭이 더 좁기 때문에 자신의 필요와 물건의 장점을 잘 이해하고 초점을 맞출 수 있어야 해서다. 물건에 대해 관심 갖는 것을 귀찮아하지만 않는다면 대단히 넉넉하지 않아도 누릴 수 있는 것들은 다 누려볼 수 있는 세상이다.

그래도 비싼 게 좋은 거 아니냐고 재차 묻는다면 나는 이렇게 대답할 것이다. 같은 기능의 물건 두 가지를 놓고 볼 때 당연히 값나가는 것이 좋다. 그런데 두 배 비싸다고 두 배 좋은 것을 기대하면 안 된다. 10퍼센트 좋은 물건에 100퍼센트의 추가 비용이 따라온다는 것을 전제해 두고 물건을 고른다면 별다르게 후회하는 쇼핑은 없을 것이다.

뭐 물건 가격뿐 아니라 세상 이치가 다 그런 거 아니겠는가. 10퍼센트 좋게 만들기 위해 100퍼센트 노력을 해야 결과물이 나오고, 때론 그 10퍼센트가 전부가 되기도 하는 게 삶이니까.

작은 차이에 투자를 하고 싶다면 그렇게 하면 된다. 다만 자본주의의 신앙에 호도된 나머지 '비싼 것은 무조건 좋다'는 성구에 자아를 의탁하는 것은 이제 촌스러운 일이 되었다.

마케팅에 넘어가 드리지요

미용실에서 잡지를 넘기다가 마음에 드는 가방이나 옷이 눈에 들어올 때가 있다. 그럴 때면 두근두근 심장박동이 뛰는 게 느껴진다. 그런데 나를 흥분하게 하는 건 그 물건이 아니라 그걸 보고 동요하는 내 마음 자체다.

물건이 부질없다는 걸 알게 되면서부터는 웬만한 물건을 보고는 탐이 나지 않는다. 그럭저럭 괜찮아 보인다 싶으면 가격이 예상을 몇 배나 뛰어넘고, 그런 가격을 확인하고 나면 그나마 오랜만에 불꽃이 일기 시작한 욕구가 바스스 가라앉는다. 그 정도까지는 아닌 물건의 오만함에 그만 정이 뚝 떨어지고 만다. 그런 순간에는 지출을 하지 않게 된 안도

감과 설레는 대상을 잃은 실망감이 교차하곤 한다. 대체 내가 진짜로 원하는 것은 무엇일까?

어쩌다 보니 이런저런 상담을 자주 하게 되는데 그중 태반은 연애 고민이다. 갖출 만큼 갖춘 사람들이 누군가를 진득하게 만나지 못하고 곧 헤어지거나 아예 연애를 시작도 못 한다. 이야기를 들어보면 이 사람은 이래서 안 되겠고 저 사람은 저래서 안 된다고 하고 그게 또 다 타당하다.

그러나 한편으로는 그 정도의 흠결도 없는 사람이 존재할까 싶기도 하다. 그 기준에 어느 정도라도 가까운 상대들은 늘 이쪽에서 상상하는 것 이상으로 눈이 높다. 그렇다고 평생 함께할 것을 각오하고 하는 결혼의 상대를 이런 수요 공급의 합리성에 따라 대충 고를 수도 없는 일이다. 최소한 요즘 시대에는 결혼이 그럴 정도로 매력 있는 일도 아니다.

모순되게도 이런 상황에서 가장 합리적인 해결책은 '사랑'이다. 서로가 완벽하게 들어맞을 수 없는 커플이 서로의 장점에만 집중할 수 있으려면 감정적인 유대가 격차를 메워 주어야 한다. 그래야 내 쪽의 손해로 느껴지는 단점을 수치로 계산할 수 없는 감정으로 덮고 상대를 수용할 수 있다. 상대에게서 충분한 매력을 느끼지 못하니 자꾸 감정의 공백을 대신해 줄 객관적인 장점을 찾아내려 애쓰다 실망하게 되는 것이다.

그들은 손해 보는 결혼을 하지 않으려 정신 바짝 차리고 있으면서도 한편으로는 그 한 뼘의 부족함을 모른 척할 수 있을 만큼 매력적인 상대가 자신의 마음을 빼앗아주기를 기대한다.

철이 들기 시작한 이후로 모든 욕망의 대상에 대한 내 태도도 이와 비슷한 방식으로 바뀌어갔다. 세상의 많은 이면들을 보게 되면서 얻은 크고 작은 지식들은 더 현명한 선택을 하게 해주었지만 그만큼 욕망을 잃게 만들기도 했다. 잘 몰라서 무분별하게 욕망을 느끼곤 했으나 그래서 살아 있는 기분을 더 자주 느끼던 시기를 향한 희미한 그리움이 있다. 그래서인지 어느만큼이라도 마음에 드는 대상이 나타나면 나도 모르게 응원을 하게 된다.

좀 더 나를 유혹해 봐.

내 필요를 좀 더 자극해 봐.

'그럼에도 불구하고' 너를 선택할 이유를 보여줘.

그래서 예전이라면 속임수쯤으로 취급했을 마케팅 방식에 대해서도 생각이 달라졌다. 상품의 본질과 본질 외의 것을 구분하는 일이 큰 의미가 있을까? 어떤 물건이 일정한 단점을 품고 있음에도 내가 필요로 하는 감성을 만족시킬 수 있다면 그것대로 나름의 역할을 다한 것이다.

'장인이 공들여 만든 물건'보다 '장인이 공들여 만든 물건을 쓰는 것 같은 기분'이 대상에 스미게 하는 데 더 중요해졌다고 해도 이상할 게 없다. 물건의 품질이 어느 정도 상향 평준화된 세상이라 가능해진 일이기도 하다. 그래서 우리는 마케팅이라도 좋으니 유혹당하는 재미를 느끼게 하는 물건을 발견하고 싶은 것이다.

그게 만족된다면 쓸모의 플라시보 효과로 실용성까지 채워질 때가 많다. 이를테면 얼마 전 내가 바꾼 적당히 불편하지만 예쁜 프라이팬처럼 말이다. 쉽게 미혹되던 시기의 내가 밀어내던 것들을 일부러 찾아 나서게 되는 요즘이다.

예쁜 게 용도인
물건은 사지 않는다

철이 들면서부터 공간에 대한 로망은 늘 있었다. 책으로 세 벽이 메워진 서재라든지 캐노피가 있는 침대라든지, 어디선가 본 내 취향의 요소들을 가득 채우고는 그 안에 파묻혀 나오고 싶은 마음이 들지 않는 집에 살고 싶었다.

그런데 원가정에서 나와 스스로 공간을 꾸밀 수 있게 된 이후 되려 점점 더 카페를 좋아하는 사람이 되어가고 있다. 이유는 간단하다. 카페에는 '생활'이 없기 때문이다. 살아보니 생활 공간은 뭔가를 채우기보단 얼마나 덜어내느냐로 질이 좌우된다. 그래서인지 쓸모없이 예쁜 것들로만 가득 채워도 되는 카페에 가면 집에서 충족할 수 없는 욕구가 해소

되곤 한다.

공간을 스쳐가는 사람들의 기분을 만족시키기만 하면 되는 카페 같은 곳에서 가장 손쉽게 분위기를 바꿀 수 있는 방법은 오브제(사물, 대상 등을 의미하는 동시에 사물이 예술적 차원으로 높아지는 것을 의미한다)를 놓는 것이다. 거창한 공사 없이도 화병이나 조각품, 인형 등을 적절하게 놓으면 의도한 콘셉트에 맞는 근사한 공간이 된다. 때로는 책이나 주인의 수집품이 오브제로 활용되기도 한다.

그러나 그렇게 꾸미는 곳이 생활 공간이라면 이야기가 다르다. 상업 공간에서야 그곳을 관리하는 게 일인 사람들이 상주하며 구석구석 털고 닦지만 집에서라면 먼지만 덮어쓰는 천덕꾸러기가 되기 일쑤다. 진공청소기의 진로와 걸레질에 사각지대가 생기지 않는 민짜 표면을 최대한 확보하는 게 생활인의 미덕이라는 걸 체감하면서 나는 점점 오브제로서의 물건에는 흥미를 잃어갔다. 지금 내게 가장 지키기 쉬운 원칙은 '예쁜 게 용도인 물건은 사지 않는다'는 것이다.

그러나 그렇게 카페처럼 예쁜 집을 포기한다는 게 못생김을 선택하는 것은 아니다. 생활이라는 한도 내에서 나름대로 가장 합리적인 타협이라고 생각하는 '표면적 미니멀리즘'을 적용하는 것이다. 아름답지 않은 물건은 보이지 않는 곳에 최대한 수납하고, 드러나는 것들은 구할 수 있는 한도 내에서 가장 예쁜 것으로 산다. 기능과 디자인이 비슷한 비율로 충돌하면 디자인에 선택의 무게를 둔다.

그래서 내 사치는 주로 가장 비싼 키친타월 홀더나 가장 예쁜 쓰레기통을 사는 방향으로 표현되곤 한다. 사치라는 게 취향을 위해 실용적인 무언가를 포기하는 것이라고 한다면, 최근 내가 부린 최고의 사치는 전기밥솥을 주방 수납장 안에 넣어버린 것이다. 일주일에 한 번 한꺼번에 밥을 지어서 냉동실에 보관하는 생활 패턴이니 가능한 일이지만 전기밥솥이 들어가는 수납장 공간을 비우기 위해 포기한 물건과 편리함을 생각하면 사치가 맞다.

"그러면 저 식물은 뭔데?
쟤는 특별히 용도가 없는 거 아닌가?"

집에 놀러 온 친구가 예쁜 것이 용도인 물건은 사지 않는다는 내 말에 여인초 화분을 가리키며 던진 질문이다.

어쩌면 그 말에 식물의 의학적 쓸모에 대해 설파하는 식으로 대답할 수도 있었겠지만 나는 생명이 있는 것은 용도를 따져 곁에 둘 수 없는 것 같다고 말했다. 내 선택으로 삶의 일부가 된 딸이나 고양이의 존재 의미가 쓸모에 있지 않듯이 말이다. 생명이 있는 대상에 대한 끌림과 책임은 용도에 대한 판단 저 너머에 있다고 느낀다. 바꿔 생각하면 어떤 물건에서 생명을 느낄 만큼 애정이 있다면 그 정도 물건은 고민 없이 두어도 되지 않을까.

내게 쓸모없고 예쁜 것들을 선물한 지인들이 자신의 성의가 쓰레기통에 들어갔을 거라고 생각하지는 않았으면 좋겠다. 그런 물건들은 집안의 치외법권 구역인 유리장 두 칸에 몰아서 두고 수시로 들여다보고 있다. 이곳은 베를린 장벽 돌조각, 라오콘 군상 발견 500주년 기념 바티칸 입장권 등과 함께 쓸모를 증명하지 않아도 잔류할 수 있는 작은 소도蘇塗다.

정서적 예외와 잔혹한 원칙이 있는 공간은 그 안에 머무는 사람을 자유롭게 해준다.

내가 사지 않기로 한
모든 포도는 '신 포도'다

특별히 돈 때문에 못하는 일은 없지만 돈 생각 안 하고 아무 일이나 할 수 있는 처지도 아니다. 그런 내가 웬만큼 막무가내로 쓸 수 있어도 관심이 없을 것 같은 분야가 있다. 바로 보석이다.

역사가 유구한 금처럼 환금성이 좋은 것도 아니고 그 자체로서의 아름다움에 그다지 감동이 느껴지지 않는다. 장신구의 아름다움은 보석보다는 디자인에 있다고 느끼는 쪽이다. 외출 후 돌아와서 귀걸이 한 짝이 사라진 것을 발견하기 일쑤고 손 씻느라 빼놓았다가 잃어버린 반지가 수십 개는 되는 나로서는 소유가 곧 불안을 유발하는 보석의 용도가 아리송할 뿐이다. 게다가 근대 이후 다이아몬드를 중심으로 만들어진 보석의 가치는 너무나 정치적이다.

그런데 얼마 전에 어디에선가 이런 이야기를 들었다. 쇼핑의 관심이 도달하는 궁극의 영역은 결국 보석이며, 보석에 관심이 가지 않는 것은 그만한 경제력이 못되기 때문이라는 것이다.

그 말에 한참 동안 생각했다. 나는 혹시 그동안 못 먹는 포도를 '저건 신 포도일 거야'라고 중얼거린 이솝 우화 속 여우처럼, 내가 가질 수 없는 대상을 멋대로 평가절하하고 능력 없는 자신을 합리화해 온 걸까?

결론은 '아무려면 어때?'였다. 어느 쇼핑 시장에서나 가치는 구매자의 커뮤니티에 의해 결정된다. 그 상품에 관심이 있고 그것에 비용을 지불할 의향이 있는 사람들이 모인 집단의 크기, 그리고 그 세상 안에서의 희소성으로 가치가 매겨지는 것이다.

'습지야'라는 다육 식물이 있다는 것을 최근에야 알게 되었다. 잎이나 가지도 없이 축구공처럼 생겨 식물이 맞나 싶기도 한 모양새를 하고 있다. 재밌는 것은 이 동그란 몸체가 1년마다 꼭 한 개씩 증식해 한눈에 보아도 나이를 알 수 있다고 한다. 이것을 '두'라고 부르는데 한 두씩 늘어날 때마다 몸값이 5만 원 꼴로 뛴다.

만약 누군가가 되팔 수 없다는 제한을 걸고 20두 습지
야를 주겠다고 한다면 나는 두 번도 생각하지 않고 거절할
것이다. 나는 거기서 가치를 느끼는 커뮤니티 밖에 있기 때
문이다. 마찬가지로 보석을 소비하는 쪽에서도 나는 커뮤니
티 밖에 있는 사람일 뿐이다.

'다들 좋다고 하는 ○○○ 계열사 옷은 내 눈에는 비싸고
촌스럽기만 한데 내가 잘못된 걸까?'
'×× 디자이너가 요즘 가장 트렌디하다는데 난 전혀 멋져
보이지 않아.'
'요즘 유행인 호캉스를 왜 하는지 모르겠어. 내가 궁상맞아
서 그런 곳에 쓰는 돈이 아까운 건가?'

타인의 취향을 여우의 신포도처럼 대하고 있지 않은가
하는 자기 검열은 때로 알 수 없는 죄책감과 혼란을 준다. 그
리고 그건 꽤 많은 경우에 다른 사람들을 따라 지갑을 여는
모방 소비로 연결되기도 한다. 애초에 선 밖에 있던 사람이
선 안에 있는 사람들의 취향을 이해해 보려고 굳이 낯선 소
비 커뮤니티 안으로 걸어 들어갈 필요가 있을까. 내가 싫으

애초에 선 밖에 있던 사람이

선 안에 있는 사람들의 취향을 이해해 보려고

굳이 낯선 소비 커뮤니티 안으로

걸어 들어갈 필요가 있을까.

내가 싫으면 그냥 싫은 것이다.

면 그냥 싫은 것이다. 타인을 의식해 새로운 소비 커뮤니티로 빨려 들어가지 않는 것도 단단한 자아의 방증이다.

대학 시절 친구 중 닭을 좋아하는 아이가 있었다. 색다른 건 좋아하는 그것이 치킨이 아니라 살아 있는 닭이라는 점이었다. 달걀을 부화시켜 병아리를 내고 곧잘 닭으로 키워내곤 했던 친구는 항상 자신이 좀 이상한 사람이라고 생각하며 살았다. 그런데 시간이 지나 온라인으로 사람들이 모이는 시대를 만나면서 새로운 세상을 알게 되었다. 자신처럼 닭을 좋아하는 사람들이 족히 수만 명은 되더라는 것이다. 거대한 취향의 덩어리에 치여 보이지 않게 흩어져 있던 사람들이 연결되니 그게 커뮤니티가 되고, 그 안에 축약된 세상이 만들어진 것이다. 거기서 사람들은 더 이상 소외된 소수가 아니라 주류가 된다.

그건 사실 굉장한 것이다. 작게 분화된 세상에 갇히는 게 아니라 안으로의 무한한 확장이다. 심지 굳은 사람이라면 그 세계의 안과 밖을 넘나들면서 자유롭게 '나'를 확장시킬 수 있다. 모든 가족원의 합의가 있어야 TV 채널을 고정할 수 있었던 시대와 달리 모두가 각자의 미디어 수단을 가지고 있는 우리는 한없이 개인화될 수 있으면서 동시에 쉽사리 타인과 연결될 수 있다. 개인이 자신이 좋아하는 부분을 공유하는 집단과 닿으면서 힘을 얻는 요즘은 남에게 피해를 주지 않는 한 존중받지 못할 취향은 없다.

이전처럼 큰 덩어리로 계층화되지 않고 벌집 모양으로 쪼개져 있는 이런 소비 세계에는 분명히 장점이 있다. 이전 시대보다 경제력에 덜 구애받으면서 개성을 고려한 소비를 할 수 있고 경험의 범위를 넓힐 수 있다.

타인의 소비를 자유롭게 들여다볼 수 있는 요즘의 환경은 모든 변화가 그렇듯 양날의 검이다. 소비 규모가 더 큰 사람들을 보고 상대적 박탈감을 느낄 것인지, 연결의 힘을 이용해 내가 할 수 있는 일의 크기를 키워 나갈지는 결국 내가 선택할 수밖에 없다.

그러므로 내가 고르지 않은 영역의 소비 대상은 그게 실제로 샤인머스켓일지라도 신 포도가 맞다. 먹을 수 없는 포도를 한없이 바라보며 굶어 죽어가거나 포도를 딴 원숭이를 공격해 빼앗는 것보다 훨씬 점잖고 세련된 방식 아닌가. '저 포도는 실 거야'라고 관심사를 정리한 채 자기 갈 길을 간 여우는 나중에 더 맛있는 음식을 찾아 먹었을 것이다.

어쩌면 이솝은 여우를 통해 자기기만의 은유가 아니라 영리한 현실주의자의 처세를 말하고 싶었을지도 모른다.

좋아하는 것을 살 것인가
어울리는 것을 살 것인가

　모임이 있던 날 가장 먼저 도착해 자리에 앉아 있던 친구·A를 못 알아보고 지나친 적이 있었다. 나뿐만 아니라 그날 속속 도착한 참석자들이 한결같이 A의 모습을 보고 깜짝 놀란 것이었다. A는 그날 낮에 중요한 행사를 주관했는데 드레스코드에 맞는 옷이 없어 자매에게 빌리러 갔다가 그 자매의 간섭으로 평소와 다른 치장을 하게 되었단다.

　문제는 그 새로운 스타일이 A에게 지나치게 잘 어울린다는 것이었다. 평소 유행이나 나이에 상관없이 자유롭고 화려한 히피룩을 즐기던 그였지만 알고 보니 세련되고 단순한 스타일이 어울리는 바탕을 타고났던 것이다.

그날 그의 변신에 감명을 받은 지인들은 지금처럼만 하고 다니라며 조심스럽고도 간곡한 제안을 했다. 그러나 주변의 호들갑에도 정작 본인은 떨떠름하게 '그런가? 난 검은색 싫어하는데……' 하고 말할 따름이었다. 이후 다시는 그날과 같은 A의 모습은 볼 수 없었다. 그는 언제 그랬냐는 듯 자신의 취향에 맞는 차림으로 돌아갔다.

얼마 전 검정 배색의 빨간 니트 원피스를 결제하려다 흠칫 결제창을 닫은 나는 문득 A를 떠올렸다. 원색과 검은색, 니트 소재, 퍼지는 치마 모양 등 그 옷의 모든 요소가 나와 어울리지 않는데도 나는 그렇게 생긴 옷에 항상 눈길이 간다. 좋아하는 것과 내게 어울리는 것이 일치하지 않을 때 나는 어떤 선택을 해야 할까? 어쩌면 이것은 무언가를 선택해야 하는 인생의 고비마다 나를 따라다니는 질문일 수도 있다.

전에는 보기에 예쁘고 갖고 싶은 것들을 사서는 어울린다고 굳게 믿고 별 생각 없이 걸치고 다녔다. 그런데 몇 년 전 업계 종사자인 지인이 골라 쇼핑해 준 옷들을 입고 이런저런 대외 활동을 하게 되면서 많은 것이 달라졌다. 거울에 비춰 보기만 할 때는 몰랐던 것들이 보이기 시작한 것이다.

사진이나 영상으로 남을 보듯 보다 보니 따뜻한 기운이

해야 하는 것, 할 수 있는 것, 하고 싶은 것 사이에서

무언가 선택을 해야 하는 고비는

인생의 어느 시기에건 주기적으로 다녀간다.

내가 내 취향이고 소신이라고 붙잡고 있는 태도들이

정말 내 정체성을 구성하는 기둥인지

실은 변화를 받아들이기 싫은 고집이었던 건지

생각해 봐야 하는 순간이.

도는 밝은 색이 내게 잘 어울린다는 것을 알 수 있었다. 지적인 도시 여자의 이미지를 상상하며 사들인 날카로운 재단의 검정 옷을 걸쳤을 때 도리어 생기 없고 촌스러워 보였다.

이 지점에서 내 쇼핑 인생 최대의 모순이 발생했다. 나를 가장 빛나 보이게 하는 옷이 어떤 종류인지 명확히 한정할 줄 알게 되면서 오히려 옷을 쇼핑하는 재미를 잃게 된 것이었다. 직업 모델이 아니니 아주 당연하게도 내 외형에는 이런저런 결점이 있다. 그것을 보완하고 장점을 드러내주는 디자인은 아주 한정적이다.

결국 새로 뭘 사더라도 갖고 있던 것과 비슷한 것 외에는 별다른 선택지가 없었다. 그렇다고 타인에게 보일 내 모습을 무시한 채 그저 내 취향인 물건을 사들이며 행복할 자신도 없었다. 이전의 내가 그 자체로만 예쁜 옷을 사서 만족할 수 있었던 건 밖에서 보기에도 내 기대치만큼 멋질 거라는 착각이 웬만큼은 있었기 때문에 가능한 일이었다.

사람들은 어쩌면 그런 착각에서 굳이 깨어나고 싶지 않아 하는지도 모른다. 자신의 마음에 맞지 않는 스타일에 대한 주변의 찬사를 무시한 A처럼 '사람들은 나를 몰라. 나는 내가 더 잘 알지' 하며 취향과 걸맞음의 낙차를 확인하는 일에 거부감을 느끼는 것이다.

자신이 추구하는 이미지와 그걸 구현하기 위해 선택한 도구가 잘못된 것일 수도 있지만 그조차도 인정하기 싫을 수 있다. '지적인 도시 여자'를 상상한 내가 선택했어야 할 도구가 검은색 블레이저가 아니라 베이지 트렌치코트여야 했듯이 말이다.

공교롭게도 그즈음 나는 커리어에서도 변화와 선택의 시기를 맞고 있었다. 해야 하는 것, 할 수 있는 것, 하고 싶은 것 사이에서 무언가 선택을 해야 하는 고비는 인생의 어느 시기에건 주기적으로 다녀간다. 내가 내 취향이고 소신이라고 붙잡고 있는 태도들이 정말 내 정체성을 구성하는 기둥인지 실은 변화를 받아들이기 싫은 고집이었던 건지 생각해봐야 하는 순간이.

나와 어울리지 않는 검은색 블레이저라는 품목을 뉴요커나 파리지엔느 이미지로 내 취향의 범주 안에 가둬두었듯, 맞지 않는 삶의 방식에 나를 끼워 넣고 있다는 걸 알게 된 것도 그 무렵이었다.

이런 자각과 바람 사이의 혼란에서 나는 도무지 무언가를 선택할 마음이 들지 않았다. 결과적으로 나는 1년 넘게 옷을 사지 않았다. 요즘 나는 중대한 타협을 본 느낌이다. 조금씩 옷을 사고 있는데 이전과는 쇼핑의 양상이 다르다. 어울리지 않는 것을 진심으로 배제할 수 있는 의지 그리고 덜 어울리지만 좋아하는 부분이 있는 것을 선택할 수 있는 무던함이 그 사이 내 안에서 자랐다.

이제 나는 중요한 자리에서는 가장 어울리는 옷을 고르고 편한 사람들을 보는 일상에서는 취향대로 산 옷을 멋대로 입곤 한다. 단, 가장 피해야 할 요소만큼은 요령껏 피한다. 이를테면 나와 상극인 검은색 대신 짙은 청람색 셔츠를 선택한다든지 하는.

옷감은 어떻게 골라야 할까?

옷의 안쪽에 붙어 있는 태그를 보면 섬유 구성 정보를 알 수 있어요. 기본적으로 합성섬유(폴리에스테르, 아크릴)보다는 천연섬유(면, 울, 린넨, 실크)의 함유량이 높을수록 가격대가 높고 직관적으로 질이 좋아 보이지요.

또 가볍고 따뜻한 것 혹은 땀 흡수가 잘되고 시원한 것 등 옷으로서의 기능은 천연섬유를 대신하기가 힘들어요. 하지만 가격 외에도 내구성, 탄성, 구김 등 천연섬유의 문제점 때문에 합성섬유를 혼용하는 게 대부분이에요.

저의 경우는 겨울 코트를 고를 때 양모 비율이 89~90퍼센트 이상인 것으로 골라요. 겨울옷에 많이 혼용하는 아크릴 비율

이 높아질수록 옷이 무겁고 춥거든요. 좀 더 격식 있는 코트를 사고 싶으면 캐시미어나 알파카가 혼용된 것을 고르지요. 경험상 그런 고급 소재가 10퍼센트 이하의 비율로 들어가 있는 것은 큰 의미가 없다고 느껴요.

정장류는 순수한 울, 실크 소재가 말할 나위 없이 근사해요. 하지만 구김이 심하고 작은 마찰에도 해지기 때문에 실용적이지는 않지요. 폴리에스테르에 아세테이트나 .레이온이 혼용된 소재가 괜찮은 타협안인 듯해요.

3부

이제 모든 물건은
소모품이다

쇼핑에서도 소유가 아니라

경험에 방점을 둘 줄 알게 되면 만족도가 더 높아진다.

물건을 고를 때의 기준이 좀 더 명확해지고

그 물건에 맞는 기대 수준을 꽉 채워 사용할 수 있기 때문이다.

스트리밍 쇼핑

오래전부터 혜안을 가진 미래학자들이 예견한 대로 이제 사람들은 소유에 집착하지 않는다. 이전보다 짧은 주기로 새로운 것이 등장하는 세상을 살다 보니 비용과 관리에 부담이 따르는 소유보다는 그 물건을 경험하는 것에 방점을 둔다.

어떤 이들은 트렌드를 주도하는 젊은 세대가 이전보다 가난해져서라고 해석하기도 하는데 나는 이런 움직임에 그 이상의 의미가 있다고 본다. 쇼핑에 대한 가치관을 물성에만 두는 시각에서 벗어나면 또 다른 경험의 세계가 열리기 때문이다.

내가 결혼할 무렵에는 양가 어른과 신랑신부가 모두 한

복을 지어 입는 게 일반적이었다. 결혼이라는 일생의 한 번일 가능성이 높은 이벤트에 싼 것을 맞출 수는 없었고, 또 마찬가지의 이유로 굳이 비싼 것을 입을 가치도 못 느꼈다. 결국 그저 적당하다 생각되는 것을 선택했는데 나는 지금도 그 일을 후회한다. 남편과 내 한복은 결혼식 이후 20년간 옷장 속 공간만 차지하고 있다가 몇 년 전에야 헌옷 수거함에 들어갔다.

그때는 값싼 한복값과 고급 한복 대여비가 비슷한 것을 받아들이기 힘들었다. 소유를 경험보다 위에 둔 어른들의 생각이 견고했고 나 역시 그걸 이길 만큼의 확신이 없어서였다. 이후 양가 동생들이 결혼을 하기 시작하면서 주기적으로 한복 착장이 필요해졌는데, 그때 '한복 대여'라는 신묘함을 알게 되었다.

눈이 트이고 나니 고급 한복이 얼마나 아름다운지 그리고 한복의 유행이 얼마나 자주 바뀌는지를 알게 되었다. 당신이 어느 행사에 갔다가 한복 차림의 호스트가 왜인지 모르게 몹시 우아하다고 느꼈다면 그 한복이 최신 디자인의 고급 한복일 가능성이 높다. 50만 원에 한복을 사서 10년 동안 두 번 입는 사람은 같은 기간에 25만 원씩 대여비를 내고 두 번 빌려 입는 사람의 경험을 평생 알지 못할 것이다.

초기에는 생돈 나가는 것 같아 억울하고 낯설기만 했던 프로그램이나 콘텐츠 구독 서비스도 이제는 가볍고 합리적으로 느껴진다. 달마다 소액의 구독료를 내고 생각만큼 쓰지 않으면 바로 해지하면 되기 때문이다.

쉽게 끊을 수 있어야 쉽게 구독도 한다는 걸 안 기업들도 이전 관행처럼 가겠다는 고객을 물귀신처럼 잡고 늘어지지 않는다. 나는 요즘 예닐곱 개 정도의 서비스를 구독하고 있는데 이렇게 풍성하게 콘텐츠를 소비한 적이 없었다.

이제는 콘텐츠나 대여 서비스뿐 아니라 내가 직접 물건을 사서 소유하는 일도 경험을 누리는 스트리밍 서비스처럼 느껴질 때가 많다. 몇 년 전까지만 해도 내게는 '평생 딱 하나만 사면 되는 물건'에 대한 로망이 있었다. 역사와 이야기를 담고 있어서 유행을 타지 않는, 그래서 평생 쓸 수 있고 자식에게도 물려줄 수 있는 물건을 말이다. 명품이 가진 정신과 정체성을 강조하는 쇼핑 선구자들은 그런 게 멋진 일이라고 가르쳤더랬다.

나만의 멋진 소유를 완성하기 위해 수많은 탐험과 시도를 했다. 그런데 아무리 쇼핑 레이더를 켜도 영원히 간직하고 사용할 만큼 멋진 물건은 찾지 못했다. 거의 평생 입는다고 들은 명품 브랜드의 트렌치코트도 어느 순간부터 입을 수가 없었고, 가방은 더했다. 몇 번 실패를 경험하고 나서야 나는 영원한(혹은 그렇다고 홍보하는) 것은 명품 브랜드의 물건이 아니라 그 브랜드의 전통일 뿐이라는 사실을 깨달았다.

물건에 영원을 부여한다는 것은 문학적이지만 현대 사회에서 실사용을 위해 대대로 물려줄 만한 물건이란 드물다. 그 진실을 우리는 요즘 와서야 공공연하게 공유하고 있다.

쇼핑에서도 소유가 아니라 경험에 방점을 둘 줄 알게 되면 만족도가 더 높아진다. 물건을 고를 때의 기준이 좀 더 명확해지고 그 물건에 맞는 기대 수준을 꽉 채워 사용할 수 있기 때문이다.

이를테면 휴가철을 앞두고 모자를 살 때 '딱 올해 휴가에서만 쓰고 정리한다'는 생각으로 쇼핑을 한다고 하자. 그럴 때 해변에서 충분히 해를 가려주는 커다란 챙에 한창 유행하는 장식이 붙어 있는 것을 사면 된다. 그러면 해변에서 마음껏 인생 사진을 찍으며 그 모자가 주는 경험을 누릴 수 있다.

하지만 해변에서 쓰고 나서도 쭉 가지고 있을 모자를 사야겠다고 결심하면 생각해야 할 것들이 더 많아진다. 우선 보관이 문제가 되니 접을 수 있는 것도 고려해야 한다. 그러자니 모양이 예쁜 것을 고르기 어렵다. 동네 외출할 때 햇빛 가리개로도 쓸 수 있어야 하니 디자인이 무난하고 도시적이

어야 한다. 도시에서 쓰는 일상용 밀짚모자는 어쩐지 브랜드도 신경 쓰인다. 그러다 보니 고심 끝에 이도 저도 아닌 모자를 사서 휴가지에서도 일상에서도 만족하지 못하는 물건을 고르게 되는 것이다.

영원을 전제한 소유가 아닌 지금의 경험에 초점을 두면 쇼핑이 줄 수 있는 것을 최대한 흡수할 수 있다. 쇼핑을 잘하는 사람들의 비결이 의외로 이런 '스트리밍'에 대한 무의식적인 반영인 경우가 많다.

나는 쇼핑 이력이 길다 보니 집에 있는 살림들의 세대교체도 여러 번 경험했는데, 물건의 가치를 충분히 누릴 수 있는 시간이 생각보다 길지 않았다. 10년 이상을 바라볼 수 있는 물건은 식칼 정도밖에 없다.

이제 모든 쇼핑은 흘려보내는 것이라고 생각하자. 어차피 삶도, 관계도, 사람도 흘러 내 곁을 지나간다.

스트리밍 쇼핑이란?

'소유'에서 벗어나 '경험'에 방점을 두는 쇼핑을 뜻하는 작가의 조어입니다. 물건을 구매하지 않고 일시적으로 빌리는 '공유'와는 다른 개념이에요. 모든 물건이 소모품임을 인식하고 목적에 맞게 적게 사고 온전히 소진하려는 태도를 견지하는 쇼핑철학입니다.

기본 아이템의 함정

쇼핑의 꽃은 옷과 패션 소품이라고 생각한다. 어떤 사람을 볼 때 그가 입은 옷과 소품은 바로 눈에 보이는 데다 유행 주기도 상대적으로 짧기 때문이다. 나는 가장 자주 사는 품목 중 하나인 옷을 잘 사는 것이 매번 어려웠다. 왜 얼마 전에 쇼핑을 했는데도 옷장을 열어보면 입을 옷이 없는지 모를 일이었다.

전문가들은 나 같은 사람들을 향해 '기본 아이템'을 제대로 갖춰 놓으라고 입을 모아 같은 말을 했다. 블랙 슬랙스, 화이트 셔츠, 청바지, 트렌치코트, 블랙 재킷 등이 그것인데, 어떤 옷에든 맞춰 입을 수 있는 기본이 되는 옷을 뜻한다.

일주일에 세 번을 입어도 '저 사람 저 옷 또 입었네'라는 말을 듣지 않을 만한 옷이라면 그게 기본 아이템일 것이다. 하지만 기본 아이템이 되는 옷들을 사두었는데도 여전히 입을 게 없었다. 분명히 '기본'이 되는 옷들인데도 다른 옷들과 척척 어울리지 않고 옷 입은 태가 나지 않았다. 왜 나에게는 기본 아이템의 마법이 듣지 않는지 알게 된 건 그 말을 알고 나서도 한참 지난 뒤였다.

나는 기본 아이템이라는 게 스케치북 같은 거라고 생각했다. 그 자체로는 특별한 디자인 요소가 없고 다른 옷이나 소품이 그날 옷차림의 주제를 결정하는 거라고 말이다. 그래서 한 번 사면 웬만해서는 다시 살 필요가 없는 것이라고 여겼다.

알고 보니 기본 아이템도 다른 옷과 비슷하게 유행을 탄다. 3년 전에 산 블랙 슬랙스나 지난달에 산 것은 언뜻 비슷해 보인다. 둘 다 아무 디테일 없는 기본 중의 기본, 말 그대로의 '검정 바지'일 뿐이다. 그런데 막상 입어보면 3년 전 슬랙스가 알게 모르게 촌스러워 보인다. 집에서 혼자 거울로 볼 때는 잘 모를 수 있는데 밖에 나가 사람들과 섞여보면 확연히 의식하게 된다. 바지통과 길이, 골반에서 발목까지 떨어지는 선 등이 요즘 슬랙스와 미묘하게 다르기 때문이다. 유행에 따라서 기본도 바뀌는 것이다.

적어도 패션에 있어서의 '기본'이라는 말에는 공시성은 있되 통시성은 없다. 내가 하수였던 이유는 기본 아이템을 하나씩 사놓고는 웬만해서는 같은 아이템을 살 일이 없을 거라고 안심해서였다. '질 좋은 기본 아이템을 사니 10년을 입어도 유행을 타지 않네'라고 뿌듯해했던 상황이 오직 나만 그렇게 생각하는 것이었다는 걸 뒤늦게 알았다. 유행 아이템에 어울리려면 그것을 지탱해 주는 기본도 바뀌는 게 당연하다는 걸 왜 전에는 몰랐을까.

한국처럼 사계절이 뚜렷한 곳에서는 기본 아이템을 생각보다 자주 사야 한다. 1~2년에 한 번씩 바꿔준다손 쳐도 블랙 슬랙스만 계절별로 갖추려면 1년에 두세 번은 사야 한다. 거기에 다른 기본 아이템까지 갖추려면 매번 똑같은 옷만 사들여야 할 것 같다. 여기서 또 흥미로운 것은 이 기본 아이템의 품목 자체도 유행을 탄다는 사실이다.

예를 들어 트렌치코트는 기본 아이템이지만 어떤 해에는 알 수 없는 이유로 유난히 유행하기도 한다. 어느 가을, 길을 가는 여성 대부분이 트렌치코트를 입은 것을 본다면 바로 그런 때인 것이다. 이 글에서 언급한 슬랙스도 지금은 운동화와도 함께 신는 대표적인 기본 아이템이지만 전에는 보수적인 직장에서나 입는 화이트컬러 작업복에 가까웠다.

유행에 민감하지 않은 사람들도 은연중에 기본 아이템의 유행을 감지하기 때문에 트렌치코트가 유행하는 시기에는 유독 새 트렌치코트를 사고 싶은 마음이 들 수 있다. 이런 해에는 짧은 외투가 어색하게 느껴지기도 하니 굳이 다른 기본 아이템인 블랙 재킷을 살 필요가 없다. 기본 아이템은 유행에 어긋나지 않는 것으로 한두 해 입고 바꾼다고 생각하고 장만해 놓을 때 비로소 기본이라는 말에 걸맞은 구실을 하는 것 같다.

아이러니한 것은 '기본'이라는 단어가 함의하는 것과 다르게 기본 아이템을 사는 게 쉽지 않다는 것이다. 기본적인 디자인일수록 백화점과 같은 1차 소매점에서는 빨리 품절된다. 그래서 교외 아울렛에서 무난한 색과 디자인인 물건을 찾아보기 힘든 것이다(아울렛에 들어와 있는 물건들을 면면이 살펴보면 한국인들이 가장 소화하기 어려워하는 색은 형광 오렌지색이 틀림없다는 확신이 든다).

어느 순간부터 기본 아이템을 구하는 게 가장 쉬운 장소는 온라인 상점이 되었다. 옷, 더군다나 입은 태가 중요한 기본 아이템은 무조건 입어보고 사야 하는 걸로 알았던 고집은 누그러진 지 한참 되었다.

적어도 패션에 있어서의 '기본'이라는 말에는

공시성은 있으되 통시성은 없다.

옷에 있어서의 기본 아이템이라는 것에는 말도 많고

탈도 많은 '기본 예절'이나 '기본 상식'처럼 기본이라는

말로 한정하기 어려운 복잡함이 존재한다.

온라인에서는 바깥세상에서 하루 종일 다녀도 열 가지도 찾기 힘들 물건을 수백 가지씩 구경할 수 있다. 게다가 특정 기간에 가장 많은 사람들이 사는 것이라 이미 사본 사람들의 데이터가 쌓여 있다. 때로는 이상할 정도로 날씬해 보이는 매장 거울 속 내 모습을 직접 보는 것보다 사람들의 후기를 분석하는 게 낫다. 거울 속의 나를 보는 내 눈보다 안목 있는 사람들의 경험이 더 믿을 만하다는 걸 확인하게 되는 것도 한두 번이 아니다. 여기에 원단에 대한 기본적인 지식이 있으면 판매자가 표시해 놓은 혼용률이나 상세 사진만 살펴봐도 실물에 대해 대충 감이 잡힌다.

　　옷에 있어서의 기본 아이템이라는 것에는 말도 많고 탈도 많은 '기본 예절'이나 '기본 상식'처럼 기본이라는 말로 한정하기 어려운 복잡함이 존재한다.

유행, 따를까? 말까?

한참 한국인들 사이에서 스스로를 성토하는 목소리가 나오던 시기가 있었다. 그중 하나가 한국인들의 몰개성에 대한 것이었는데, 유난스럽게 유행에 민감하고 유행에 따라 남들을 따라 먹고 입고 한다는 것이었다.

그러면서 프랑스인들에 대한 극찬을 많이 했다. 프랑스인들은 유행을 타지 않는 네 벌의 옷만 갖추고도 뛰어난 감각만으로 다양한 패션을 소화한다고도 했고, 남들이 어떻게 입든 자신의 개성을 드러내는 진정한 멋쟁이들이니 본받아야 한다고도 했다. 그때만 해도 해외라고는 가까운 휴양지나 몇 군데 가본 처지라 나 역시 미디어나 그 방면 식자들의 대세 의견을 당연한 진리로 받아들였다.

그러다 어느 날 출장으로 말로만 듣던 파리에 가게 되었다. 화장기 없는 얼굴에 멋을 낸 듯 안 낸 듯 세련된 분위기의 파리지엔들을 보고 역시 주관 있는 멋쟁이들이구나 싶었다. 그런데 며칠간 파리 시내를 다니다 보니 이상한 점이 눈에 띄었다. 거리의 여성들 상당수가 배낭을 메고 있었던 것이다. 내가 대학교 다니던 시절 책가방으로 유행하던 미국 태생 브랜드 배낭을 다양한 옷차림에, 그것도 한결같이 한쪽 어깨에만 걸치고 다녔다.

처음에는 역시 유행에 초연한 문화권이라 한국에서는 한바탕 휩쓸고 지나간 실용적인 가방도 수십 년씩 드는구나 하고 감탄했다. 그런데 파리에 머문 지 일주일쯤 됐을 때, 일 때문에 몇 달째 머물고 있는 한국인 주재원에게 이런 말을 들었다.

"저 이스*팩 배낭요, 아무래도 유행인 것 같아요."

유행이라기에는 너무나 기본적인 물건이라 설마 했다. 그런데 바로 다음 해 다시 파리에 방문한 나는 거리의 일상적인 멋쟁이들이 죄다 장바구니 모양처럼 천으로 디자인된

가방을 들고 다니는 것을 보게 되었다. 한국에서도 한동안 유명했던 프랑스 롱*의 기본 라인이었다. 그리고 그 해에는 배낭을 든 사람들을 거의 볼 수 없었다.

우리가 유행이라고 인식하는 것들은 대개 그 시점의 평균에서 벗어나 눈에 띄는 것들이다. 특이한 디자인의 엄청나게 큰 가방, 배꼽이 보일 정도로 짧은 상의, 화려한 색의 인조 털코트 같은 것들 말이다. 하지만 유행이란 유별난 것에 질색하는 평범한 사람들에게도 생각보다 가까이 있다.

사람들이 쓰는 모든 물건은 그 시기의 필요와 감성을 반영한다. 그것은 일정한 주기를 타고 흐름이 바뀌는데 이게 다름 아닌 유행이다. 이 유행의 유지 기간에 차이가 있을 뿐 이로부터 아예 자유로운 사회는 없다고 보면 된다. 계절이 바뀔 때마다 패션 산업 종사자들이 인위적으로 유행을 만들어 공급하기는 하지만 문화권마다 대중의 선택을 받는 유행은 따로 있다. 후자 쪽은 너무나 자연스럽고 임의적이어서 그걸 따르는 사람들조차 의식하지 못하는 경우도 많다.

한때 디자인을 특정할 것 없이 선글라스라는 아이템 자체가 유행하던 시기가 있었다. 그때는 햇빛이 강한 날이면 거리를 걷는 사람들의 상당수가 선글라스를 쓰고 있었다. 그 기간도 꽤 오래 지속되어서 어느 누구도 '유행이기 때문에'

선글라스를 쓴다고 생각하지 않았다. 눈이 부시니까 혹은 자외선으로부터 눈을 보호하기 위해서 사용하는 생존 용품이라고들 말하며 이왕이면 모 여배우가 드라마에서 쓰고 나온 디자인으로 사곤 했다.

한 지인이 자신은 유행에 관심도 없고 따르지도 않는다고 단언하기에 그 자리에서 이런 질문을 한 적이 있다.

"너 몇 년 전만 해도 선글라스 열심히 쓰고 다녔지? 그런데 지금은 어때?"

그는 얼른 대답을 못하고 잠시 생각에 빠졌다. 그제야 그도 요즘은 운전할 때 말고는 일상에서 선글라스를 잘 쓰지 않는다는 것을 깨달았다. 사람들이 '실내에서 벗으면 화장이 벗겨지고 자국이 남아 지저분하다' '오래 쓰면 귀가 아프다' 등의 이유로 선글라스를 멀리하게 된 건 유행이 끝나고 나서부터였다. 우리가 딱히 유행을 타지 않는다고 생각하는 많은 물건들이 이런 식의 운명을 맞는다.

우리가 나이보다 젊어 보인다고 느끼는 사람, 어딘지 모르게 세련되어 보인다고 느끼는 사람들이 이런 유행의 흐름에서 균형을 잘 잡는 사람들이다. 보통 유행은 20대가 주도

유행을 자연스럽게 흡수하는 것과

허겁지겁 유행을 좇는 줏대 없는

사람이 되는 것은 다르다.

이것은 배움과 변화 없이 생존할 수 없는

세상에 다시 적응하는 연습이 될 수 있다.

해서 전 세대로 퍼진다. 유행을 너무 빨리 받아들여 20대의 감성을 그대로 입게 되면 어색해 보이고, 너무 늦게 받아들이면 실제보다 나이 들어 보이기 쉽다.

이건 패션이나 외양에만 한정되는 문제가 아니라 한 사람이 삶에 임하는 태도와도 연결된다. 새로운 것을 받아들이고 적응할 준비가 되어 있는 사람들이라면 세상을 관찰하게 되어 있고 관찰을 하다 보면 흐름에 자연스럽게 올라타게 된다. 한 사람이 갖고 있는 생각은 외면과 상호작용하게 되어 있다.

한때 나도 환상을 가졌던 '유행을 초월하는 당당한 사람' 되기가 얼마나 어려운 일인지는 한참이 지나서야 알게 되었다. 대중은 무난한 것을 유행으로 선택하기 때문에 유행을 초월하려면 복잡하거나 별난 디테일을 채택해야 하고, 그런 것을 잘 소화해 물건을 만들어낼 수 있는 건 대개 럭셔리 브랜드들이다. 그래서 유행을 초월하려면 재력이 필요하다. 게다가 객관식 시험에서 0점 받기가 쉽지 않은 것처럼 유행을 피하는 것도 뭘 알아야 가능하다.

최근에는 특별히 유행하는 게 없다는 말들도 많이 나오는데, 그건 유행이 없어진 게 아니라 유행의 갈래가 다양해졌기 때문이다. 매스미디어의 영향력이 사라지면서 모두가 일괄적으로 따르는 유행도 사라진 것이다. 청바지를 한 예로 들자면 예전 스키니진이 유행할 때는 모든 사람들이 스키니진을 입었다.

하지만 요즘은 몸에 붙는 것, 와이드핏, 전체적으로 여유 있는 보이핏이나 맘핏, 허벅지부터 통이 넓어지는 것 등 다양한 청바지들을 입는다. 그러나 각기 유행하는 맵시가 정해져 있어서 예전의 스키니진과 벨보텀진을 그대로 꺼내 입을 수는 없다. 유행조차 내 취향에 맞게 선택할 수 있는 세상이다.

어차피 피할 수 없는 게 유행이라면 변하는 세상에 탑승하는 기분으로 조금씩 동참해 보는 건 어떨까? 내 경우 1년에 두세 번 정도 '딱 1년만 쓸 유행템'을 산다. 그건 옷일 수도, 가방이나 신발 혹은 액세서리일 수도 있다. 멀리 내다보지 않고 지금 유행에 초점을 맞춘 구매이기 때문에 가격과 질에 적당한 타협이 이루어져 있는 물건을 고른다. 그렇게 하면 머지않아 유행이 끝나도 미련 없이 물건을 보낼 수 있다. 재미있는 것은 잠깐 거리를 지배하다 사라질 것만 같은 유행의 수명이 늘 생각보다는 길더라는 것이다. 이별할 각오부터 하고 만난 단 하나의 물건은 몇 년간 곁을 지키며 나 스스로 어떤 흐름의 일부를 쥐고 있는 기분을 느끼게 해준다.

유행을 자연스럽게 흡수하는 것과 허겁지겁 유행을 좇는 줏대 없는 사람이 되는 것은 다르다. 이것은 배움과 변화 없이 생존할 수 없는 세상에 다시 적응하는 연습이 될 수 있다.

명품 가방 그게 뭐라고

얼마 전 어느 독자가 팬심 가득한 메시지를 보냈다. 내 글을 읽고 자기 삶의 주인으로 열심히 살 의지가 생겼다고 했다. 그 글 가운데는 이런 문구가 있었다.

"이젠 명품 가방 따위는 사지 않고, 제 자신이 명품이 되도록 노력하겠어요."

그 글을 읽고 탄식처럼 이런 말이 흘러나왔다.

"그냥 사고 싶으면 사. 명품 가방 그게 뭐라고 너 자신을 거기에 비유하니?"

'옷은 싼 것을 입어도 가방만큼은 명품을 들어라.'

물건에 대해 관심을 가지기 시작했을 때 물리도록 자주 접한 금과옥조였다. 이후 만만치 않은 세월을 보내고 이 문구를 다시 보니 맞는 말도, 아주 틀린 말도 아니다. 그러나 명품 가방이 가지는 상징성과 그 상징에 대한 해석에 대한 입장이 예전과 달라진 것만큼은 체감하고 있다.

한때 명품 가방이 쇼핑을 신경 쓰는 이들에게 필수품으로 여겨지던 시기가 있었다. 많은 사치품들 중 하필 가방인 것은 가격 대비 만족도가 높기 때문이다.

옷은 명품이라고 해도 좀 어렵다. 체형에 맞지 않으면 지하도 옷가게에서 사는 것만 못할 뿐더러, 디자이너의 정체성이 드러나는 옷들은 일상에서 입는 데에 꽤 용기가 필요할 만큼 유난스럽다. 보석이나 시계는 가격에서 이미 단절감이 느껴진다.

하지만 가방은 보다 수용폭이 넓다. 체형이나 스타일에 크게 구애받지 않고 아는 사람은 알아볼 수 있는 전시 효과까지 있다. 그러나 명품 가방을 통해 과시욕을 해소하는 일은 어느덧 촌스러운 일이 되었다. 이제 사람들은 명품 가방을 욕망의 아이콘으로 읽지 않는다.

국어사전에서 '명품'이라는 말의 의미를 찾아보면 두 가지가 나온다. 하나는 "뛰어나거나 이름난 물건, 작품." 그리고 "세계적으로 매우 유명하고 가격이 아주 비싼 상표의 제품." 두 번째 의미가 첫 번째 의미에서 분화하기 이전부터 명품 가방에 관심을 가졌던 나는 혼란스러울 때가 많았다.

뛰어난 장인이 한 땀 한 땀 꿰어 만들어 수십 년이 지나도 변함없어야 할 가방이 왜 이렇게 오염, 충격, 중력에 약한지 이해할 수 없었다. 또 장인이라면 가벼우면서도 튼튼한 물건을 만들 줄 알아야 하는 거 아닌가 하는 선입견과 달리 가방 무게와 가격은 함수 비례했다. 전기밥솥만도 못한 사후 서비스도 의아하긴 마찬가지였다.

당시 명품이라는 말은 내게 '300년 동안 흙 속에 묻혀 있다 나와도 유약의 광택이 살아 있는 조선백자'와 같은 맥락의 조어였던 셈이다. 이후, 영어로 럭셔리 아이템이라고 번역되는 명품이 내구성이나 쓸모 혹은 변하지 않는 가치에 연연하지 않는 부자들을 위한 물건이라는 것을 이해하게 되었을 때 모든 의문은 풀렸다.

명품은 누군가의 가치를 증명하거나 자기 현시 욕구를 충족시킬 수 있는 가치의 축적물이 아니라 '멋진 물건'일 뿐이다. 그 멋짐을 물건에 투영하기 위해 동원된 비싼 디자이너와 마케팅 비용이 가격에 반영된 것이다. 그만큼을 지불하고

라도 그 멋진 물건을 손에 넣고 싶다면 그렇게 하면 된다.

단, 명품이 그 값을 하는 것이냐고 되묻는 사람이라면 어떤 명품을 사도 만족할 수 없을 것이다. 명품은 오래 쓸 수 있다고들 하지만 물건에 관심이 좀 있는 사람들이라면 안다. 오랜 사용 기간이라는 것이 투자금을 회수하고 싶어 하는 심리와 만만치 않은 유지 비용이나 노력에서 상당 부분 나온다는 것을.

'명품'이라는 말로 순화해 사용하는 이 물건들의 다른 명칭은 '사치품'이다. 사치품은 태생부터가 그 값을 하는 '실용성'과는 거리가 먼 것이다. 사람들이 저마다 여행이나 미식으로 쓸모의 정도로 가늠할 수 없는 만족감을 좇는 것처럼 명품도 내가 기꺼이 감당할까 말까를 선택하는 경험의 일부일 뿐이다. 거기에 더 가치를 얹을 필요도, 선입견을 덧댈 이유도 없다. 명품 가방 하나쯤은 있어야 한다는 당위보다는 마음에 드는 가방이 하필 명품 가방이라는 취향이 거금을 쓰는 동기로 더 합당하다.

어쨌거나 요즘 들어 귀신보다 더 무서운 무거운 가방을 피해 만 원짜리 에코백을 들고 다니는 나로서는 내 어깨와 허리보다 가치 있는 가방은 없는 것 같다.

실내 인간의 쇼핑

나는 사람들이 흔히 '집순이'라고 부르는 실내형 인간이다. 모순적이게도 그렇기 때문에 몇몇 품목의 쇼핑만큼은 직접 나가서 하는 걸 즐겼다. 사람은 적당히 바깥바람을 쐬어야 사람답게 살 수 있다는 걸 경험으로 알게 된 데다가 사람을 만나 상호작용하는 에너지를 쓰지 않고도 혼자 바깥 놀이를 할 수 있다는 게 좋아서였다.

물건은 직접 보고 만져보고 사는 게 좋다는 오랜 명제도 한몫했다. 그중에서도 옷이라는 물건을 입어보기는커녕 만져보지도 못하고 산다는 건 말이 되지 않는 일로 느껴졌다. 그러다 외출과 접촉이 허용되지 않는 코로나 시국을 지나면서 실내 인간으로서의 정체성에 걸맞은 쇼핑의 일면에 눈뜨게 되었다.

가장 황당한 깨달음은 직접 입어보고 만져본다고 해서 더 잘 아는 것만은 아니더라는 것이었다. 거울 속에서 옷을 입은 내 모습을 보아도 왜곡과 착각은 있다. 체형에 맞지 않는 재단인 것을 알아차리지 못하거나 못생긴 세부 디자인을 그냥 보아 넘길 수도 있다.

움직이면 불편한 옷이라는 걸 사서 한참 입고서야 알게 되는 일도 흔하다. 꼼꼼한 성격이 못 되는 나는 남들이 입은 모양을 사진으로 보거나 여러 사람들이 장단점을 써놓은 후기를 차근차근 보고 옷을 살 때 오히려 성공 확률이 높았다.

취미로 듣고 있는 드로잉 기초 수업에서 원을 그리는 방법을 처음 배웠던 게 인상 깊었다. 한 번에 휘리릭 원을 그리는 수련법이 따로 있는 게 아니었다. 흐린 연필선으로 동그라미를 여러 번 겹쳐 그리다 보면 제대로 된 원의 모양이 나타나는데, 그것을 짚어 선을 따면 장비의 도움 없이도 거의 완벽한 원을 그리게 되는 것이다.

물건을 살 때 접하게 되는 데이터들은 그런 밑그림 동그라미와 같다. 데이터를 남긴 사람들의 취향과 안목이 다 제

각각이라도 그들이 그린 동그라미들을 겹쳐보면 내게 들어맞는 원의 그림자가 보인다. 무작정 남들이 많이 샀다는 것을 따라 살 게 아니라 남들이 그려놓은 밑그림을 겹쳐보는 것이다.

　내 경우에는 구체적인 장점과 단점을 쓴 후기를 골라서 살펴본다. 특히 별점을 낮게 준 사람들이 쓴 내용을 유심히 보는데 그게 내 관심 밖의 내용이라면 무시한다. 배송이나 포장처럼 물건의 질과 관계없이 산 사람의 기분과 관련된 것이거나 막 입을 저렴한 옷에 실밥 등 마감이 꼼꼼하지 못하다는 불만이 있는 경우가 그렇다. 단점이 드러나더라도 내가 감당할 수 있는 선에서 목적에 맞으며 많은 사람들이 만족하는 물건이라면 그 쇼핑은 직접 발품을 판 것보다 성공적일 가능성이 높다.

　이런 식의 성공 경험을 믿는 사람들을 노리는 마케팅이 있는 것도 사실이지만 오로지 조작만으로 믿을 만한 데이터 덩어리를 만들기란 쉽지 않다. 호의적인 데이터가 많이 쌓여 있는 물건들은 대체로 어떤 면에서건 장점이 명확한 경우가 많다. 그 데이터를 팔 할쯤 믿고 한 선택이 잘못되었을 경우의 뒷감당은 직접 쇼핑을 다닐 때의 피로와 교통비, 시간을 보전하는 값이라고 생각해 버린다.

무작정 남들이 많이 샀다는 것을

따라 살 게 아니라

남들이 그려놓은 밑그림을

겹쳐보는 것이다.

종종 나는 온라인 쇼핑에서의 실패를 만회하기 위해 택하는 태도가 그 사람에 대해서 많은 것을 보여준다고 느낀다. 나는 원래 물건에 치명적인 하자가 있지 않는 한 여간해서는 반품을 하지 않는다. 물건을 들이는 일에 워낙 신중한 편이라 반품을 해야 할 상황을 거의 만들지도 않지만 행여 반품할 상황이 생기더라도 하지 않았다.

판매자와 소통을 해서 협의를 하고 택배 예약을 해서 담당자와 시간을 맞추고 택배 손해금을 따로 송금하고 하는 일련의 과정들이 끔찍했고, 그 과정에서 겪는 스트레스가 물건으로 손해 보는 값 이상이라고 여겼다. 그리고 그건 일정 부분 맞는 생각이었다.

그런데 어느 순간 불만 있는 물건들을 내 주변에 남겨둠으로써 입는 손해가 생각보다 은근하고 장기적이라는 걸 알게 되었다. 전에 산 살구색 카디건은 맞춰 입을 옷이 없어 방치해 두었던 민소매 원피스와 잘 어울릴 것 같아 주문한 것이었다. 하지만 막상 옷을 받아 함께 입어보니 두 옷과 내 얼굴 모두가 각기 서로를 밀어내는 최악의 조합이었다. 카디건 자체는 예쁘니 언젠가 다른 옷과 입게 될 거라 생각하고 옷장에 걸어두고는 3년이 지난 얼마 전에야 그것을 계절 맞이 옷 정리를 하면서 재활용통에 넣었다.

안 입는 옷을 잘 쌓아두지 않는 내가 몇 번이나 그 옷을 구조조정 위기에서 구해준 이유는 단 하나, '한 번도 입지 않은 새것'이라는 것이었다. 만약 내가 카디건을 받고 입어보자마자 반품을 했다면 그 긴 시간 옷장을 차지한 공간에 대한 손해, 볼 때마다 저걸 어떻게 해야 하나 고민하며 소진했던 집중력, 더 나은 옷을 구할 수 있었던 기회비용 손실을 겪지 않아도 되었을 것이다. 만 원짜리 옷을 5천 원 손해 보고 반품했어도 그게 이익인 셈이다.

투자에서 손해를 입었을 때 이미 투입된 재화를 매몰비용이라고 한다. 이 매몰비용에 집착하는 성향의 사람은 자신의 삶을 잘 운영하기 어렵다. '매몰비용의 오류'라는 심리학 용어가 있을 만큼 여기에 미련을 두면 진짜 내게 좋은 합리적인 선택을 하기 어렵다. 반품비가 아까워 물건을 끌어안는 것도, 물건에 치른 값이 마음에 걸려 시간이 지나도 처분하지 못하는 것도 매몰비용의 오류에 빠진 것이다.

요즘 웬만한 쇼핑몰들은 반품이나 환불이 버튼 한 번으로 쉽게 되도록 시스템화해 놓았다. 제대로 된 원을 그리듯 신중하게 샀더라도 실패했을 때 매몰비용에 사로잡혀 잘못된 선택을 떠안고 살지 않을 수 있다면, 온라인 쇼핑도 꽤나 괜찮아진 세상이다.

옷은 스트리밍 서비스 안 되나요?

좋아하는 것들을 반드시 소유의 영역으로 들여놓아야 안심하던 시절이 있었다. 좋아하는 음악은 음반으로, 좋아하는 영화는 DVD로, 좋아하는 문학 작품은 실물로 된 책의 형태로 사서 3차원의 공간에 저장해 두어야 가치를 누리는 거라는 생각이 당연했다. 그런데 언젠가부터 사람들이 소유를 거추장스럽게 여기기 시작했다. 십수 년 전 기술이 삶을 바꾸기 시작할 무렵에는 이런 천지개벽이 일어날 줄은 몰랐다.

이제 많은 경험들을 스트리밍 형태로 대체할 수 있게 되었고 그 덕에 삶의 공간이 단출해졌다. 그런데 가장 필요하

다고 느끼는 체감에 비해 전혀 스트리밍이 되지 않는 물건이 있는데 그건 다름 아닌 옷이다.

나는 일상복을 살 때 '한 번 입을 때마다 5천 원'이라는 내가 정한 계산식을 떠올린다. 한 번 입을 때마다 사용비를 5천 원씩 차감한다고 가정하고 구입가를 소진할 수 있을 만큼 입게 될까를 가늠하는 것이다.

하지만 원 마일 웨어[one-mile wear, 집에서 1마일(1.6km) 반경 내에서 입는 옷이라는 뜻으로 꾸미지 않은 듯하면서도 멋스러운 패션을 의미한다]라고 총칭하는 동네 옷 말고는 목표한 만큼 입어내기가 쉽지 않다. 더구나 특정한 이벤트를 위해 신경 써서 쇼핑한 옷은 '한 번에 30만 원' 같은 충격적인 기록을 남기고 정리되기 일쑤였다. 그것도 내 옷장의 공간 기회비용을 몇 년 치나 잡아먹고서 말이다.

전에는 번듯한 옷을 한 번 사놓으면 중요한 일이 있을 때마다 하는 옷 고민이 사라질 줄 알았다. 하지만 그 '중요한 일'이란 늘 사진을 남기기 마련이고 그럴 때마다 똑같은 옷을 입은 내 모습을 복제하는 건 뚜렷한 한계가 있었다.

게다가 아무리 좋은 것이어도 한 벌의 옷이 멋져 보이는 기간은 기대보다 길지 않다. 미세하게 바뀌는 유행과 옷장 안에서도 풍화되는 섬유의 질감 때문에 모처럼 상황이 맞아

떨어져 다시 꺼낸 옷이 초라해 입을 수가 없는 것이다.

마음먹고 차려입어야 하는 옷들이 결국 일회용일 수밖에 없다는 걸 깨닫게 되면서 나는 그런 옷들을 대여할 수 있는 방법은 없나 찾아보기 시작했다. 하지만 아무리 정보를 뒤져보아도 대여가 가능한 옷은 파티복이나 연주복 같은 특수 의상, 사회 초년생을 위한 면접용 정장이 전부였다.

그러다 온라인에서 각종 스트리밍 서비스가 등장하면서 나와 같은 필요를 느끼는 소비자를 발견한 개척자들이 하나둘 나오기 시작했다. 옷을 빌려주는 회사들이 정말로 생겨난 것이었다. 그러나 기대에 차서 부리나케 회원 가입부터 하고 둘러본 업체들은 실망스럽기 짝이 없었다. 가장 중요한 문제는 마음에 드는 옷이 드물다는 것이었다. 어쩌다 관심이 가는 옷은 항상 다른 사람이 대여 중이었다. 치열한 경쟁을 뚫고 인기 있는 옷을 빌려 입어본 사람들도 불만이 있었다. 많은 사람의 손을 거치고 오염과 세탁을 반복한 탓인지 옷 상태가 좋지 않았던 모양이었다.

고품질 옷을 취급하는 곳은 품목이 다양하지 못했고, 보세 옷을 빌려주는 곳은 옷값과 서비스 비용이 비등해서 매력이 없었다. 옷이라는 물건이 가지는 개인성과 생각보다 높은 감가상각률은 모르는 사람들과 그것을 공유하는 데 장애가 되었다. 결국 나와 같은 사람들이 옷 스트리밍을 원하게 된 것과 비슷한 이유로 그 업체들은 대부분 사라졌다.

옷은 스트리밍이 안 되는 거냐고 징징대던 내가 시행착오를 거치면서 그나마 얻은 차선의 방법이 몇 있다. 먼저 특별한 날에 큰맘 먹고 비싼 옷을 살 게 아니라 목적에 맞는 일회용 옷을 산다고 생각한다. 따라서 옷값을 '한 번 입는 데에 투자할 수 있는 비용'이라 셈하고 예산을 그에 맞춘다.

평소 옷 소비는 작은 옷가게 운영하듯 한다. 스트리밍을 할 수 없다면 내가 유통책이 되어 흐름의 일부인 척해 보는 것이다. 교체 주기를 정해 그 기간을 지난 옷들은 심사(?)를 거쳐 과감하게 정리한다. 옷을 한 벌 사면 용도가 겹치는 헌 옷 한 벌을 버리는 식으로 재고를 유지한다. 내가 손님이라면 살 것 같은 옷들만 옷장에 둔다. 쉽게 보고 만질 수 있도록 옷걸이에 걸어서 보관한다. 옷을 보관하는 일 자체도 비용임을 인식해야 한다.

요새는 옷을 빌려 입고 싶은 사람들의 요구뿐 아니라 기후 변화와 환경 문제 때문에 옷 대여 서비스가 다시 관심을 받고 있지만 그게 수익으로 연결되어 주류로 자리 잡기에는 갈 길이 멀어 보인다. 스마트폰으로 손가락을 까닥여 못하는 게 없어진 세상에 이렇게나 필요한 일이 안 되는 건 음모

론을 들먹이고 싶을 만큼이나 말이 안 되는 일이다. 어서 영리한 누군가가 나타나 근사한 옷을 빌려주는 회사를 만들고 내 돈을 가져가 주면 좋겠다.

예민한 레이트 어댑터로 살기

쇼핑을 좋아한다는 것은 자연스럽게 얼리 어댑터early adopter라는 말을 떠올리게 한다. 새로운 상품을 남보다 일찍 써보고 유행을 주도하는 이 집단이 쇼핑이라는 말과 더 어울린다는 것을 부정할 수 없는 것도 사실이다. 그런데 물건 들이는 것을 경계하는 나는 아무리 쇼핑을 좋아해도 얼리 어댑터가 될 수는 없다.

얼리 어댑터들의 환호를 받은 상품이 대중적인 것으로 넘어갈 때는 일정한 고비를 넘게 된다. 그걸 캐즘(Chasm, 처음에는 사업이 잘되는 것처럼 보이다가 더 이상 발전하지 못한 채 심각한 정체 상태에 머무는 것)이라고 하는데, 이걸 극복

해야 소수 취향의 잔치로 끝나지 않고 진짜 유행이 된다. 나는 캐즘을 막 넘기고 장기 유행이 될 조짐이 있는 물건만 산다. 그리고 그 물건이 유행하는 동안 다 소진하듯 쓰겠다는 생각으로 아낌없이 사용한다. 얼리 어댑터의 반대 개념인 레이트 어댑터late adopter인 셈이다.

그런데 모순되게도 본인이 레이트 어댑터라는 걸 의식하는 이들은 어느 정도 최신의 것들을 알고 있는 사람들이다. 정말로 유행의 흐름에 무관한 사람들은 이런 분류 저 너머에 있다.

예민한 레이트 어댑터인 나는 무언가가 얼리 어댑터들 사이에서 인기를 끌면 바로 발견한다. 그리고 지켜본다. 새로운 유행이 캐즘을 넘어 나와 같은 보통 사람의 영역으로까지 안착할지 성장 과정을 따라가 보는 것은 흥미롭다.

유행할 것 같았던 것들이 유행하는 경우도 있고, 때로는 터무니없어 보이던 것들이 유행으로 번져 끝내 클래식이 되는 경우도 있었다. 2000년대 중반 영국의 유명 모델 케이트 모스가 스키니 진을 입은 모습을 처음 봤을 때 설마 싶었다. 하체가 그대로 드러나 신체의 단점까지 고스란히 보이는 저런 흉물스러운 바지가 유행하는 일은 절대로 일어나지 않을 것 같았다. 그러나 설마설마했던 일이 현실이 되었고 이후로

10년이나 이 유행이 지속되는 동안 나조차도 수많은 스키니 진을 사들였다.

그도 그럴 것이 이렇게 메가 트렌드로 자리 잡는 유행은 휩쓸리지 않기가 애써 따라가는 것보다 더 어렵다. 스키니 진이 유행하는 동안에는 다른 맵시의 청바지를 구하는 게 더 힘들었고 상의와 외투, 신발까지 그것에 어울리는 것만 시장에 나왔다. 그래서 점점 더 그것을 유행이 아닌 기본 착장으로 받아들이게 되었다.

게다가 유행하는 그 무언가를 바라보는 눈이란 믿을 만한 게 못 되어서 '객관적으로 못생긴 것 같은' 것도 일단 대유행을 타기 시작하면 멋져 보인다. 스키니진도 대유행이 되자 체형에 상관없이 입을 수 있는 기본적이면서도 예쁜 아이템으로 여겨졌다. 이름부터가 '못생긴' 둔탁한 디자인의 어글리 슈즈조차 귀여운 기본 운동화 디자인으로 보이게 만드는 것이 유행의 힘이다.

기괴한 것을 대략 10퍼센트의 사람들이 귀엽게 보기 시작하는 시점에서 사면 레이트 어댑터로서 그 물건의 매력을 충분히 즐길 수 있는 것 같다. 유별나 보이지 않으면서 세련된 사람들이 대체로 이런 이들이다.

가끔 번화가 카페 창가에 자리 잡고 앉아 바깥 풍경을

써보고 실망스러워도 선택의 결과가

잔해로 남지 않는 일들에서

나는 얼마든지 얼리 어댑터가 되어보고,

안 맞는다 싶으면 후퇴해 이전으로 돌아간다.

이런 것들이 내 생활 패턴과 잘 맞기만 하면

내 작은 세상에서 또 다른 세계가 열리곤 한다.

바라보곤 한다. '카페에서 혼자 커피를 마시며 폰이나 노트북 컴퓨터를 보지 않는 사람은 사이코패스'라는 농담이 공감의 웃음을 자아내는 요즘 세상이지만 나는 사람 구경, 세상 구경이 제일 재미있다.

거리를 걷는 사람들이 어떤 차림인지, 어떤 이어폰을 귀에 꽂고 있는지, 동행인과 어떤 비언어적 표현을 하며 함께 걷는지, 길을 잃었을 때 어떻게 행동하는지, 가장 목이 좋은 가게의 업종이 어떻게 변하는지, 요즘 가로수에 새로 심는 나무는 뭔지……. 이런 사소한 것들이 시기에 따라 다 다르니 그 흐름을 감지하는 것이 흥미롭다.

이미 변한 세상에서 강제로 대유행에 휩쓸려보는 것도 나쁘지 않지만 새로운 것을 새롭게 느끼며 미리 내 것으로 만드는 것은 이대로의 세상을 즐기는 일이 된다. 모험 가득한 얼리 어댑터로 살기에 너무 조심스러운 내게는 그런 즐거움만 추출한 안전한 소비가 알맞다.

이런 나도 얼리 어댑터가 되어 즐기는 분야가 있기는 하다. 형태가 없는 것 또는 형태를 남기지 않는 것. 콘텐츠나 소프트웨어를 유료 구독하는 것에 아직 사람들의 거부감이 심하던 무렵부터 나는 이게 마음에 들었다. 새로운 시대의 구독은 취소가 깔끔하다는 걸 알게 된 게 가장 큰 이유였다.

전통적으로 구독 서비스라는 건 지독히 질기면서도 늘 함정이 도사리고 있는 무언가였다. 구독을 해지하려면 그 구역 담당자의 강렬한 저항에 맞닥뜨려 골치를 썩거나 아무리 전화를 걸어도 연결되지 않는 해지 부서에 하염없이 통화를 시도해야 했다.

때로는 위약금 따위를 요구받고 기함을 하기도 했다. '올 때는 마음대로 왔지만 갈 때는 마음대로 못 간다'는 식의 상술에 몇 번 데이고 나면 구독이라는 단어만 들어도 거부감이 일기 마련이다. 이제는 쉽게 취소할 수 있어야 가입도 쉽게 한다는 걸 알게 된 영리한 기업들이 버튼 한두 번만 누르면 바로 취소되는 서비스들을 앞다투어 내놓고 있다. 이런 것들은 요즘 대개 스마트폰 어플로 구현된다.

써보고 실망스러워도 선택의 결과가 잔해로 남지 않는 일들에서 나는 얼마든지 얼리 어댑터가 되어보고, 안 맞는다 싶으면 후퇴해 이전으로 돌아간다. 이런 것들이 내 생활 패턴과 잘 맞기만 하면 내 작은 세상에서 또 다른 세계가 열리곤 한다.

같은 이유로 먹는 것에 있어서는 비교적 얼리 테이스터 early taster로 살고 있다. 인생의 모든 소비를 체험의 관점에서 본다면 먹는 것만큼 안전한 것도 없을 것이다. 시간(제철)과

공간(산지)의 서사가 있으면서도 무조건 경험을 보장하는 데다가 소유의 부담도 없다. 알게 모르게 감가상각이 되는 유형의 물건보다 경험과 함께 사라지는 대상을 더 온전히 썼다고 느끼는 내 성향에 잘 맞는다. 먹는 것을 좋아하고 혀가 예민한 한국인들 틈바구니에서 이 분야 얼리 어댑터로 사는 건 꽤나 재미있는 일이다.

트렌치코트는
왜 해마다 사고 싶을까?

전에 서울을 방문한 외국인 지인이 거리에서 감탄하는 것을 보고 의아한 적이 있었다. 사람들의 패션이 너무나 세련되었다며 다들 영화배우처럼 옷을 입는다는 것이었다. 그곳은 흔한 오피스 타운이었고 지나다니는 사람들도 그저 평범한 직장인이었다. 아무리 봐도 영화배우처럼 차려입은 사람들은 보이지 않아 누가 잘 입은 것 같냐고 물어보니 두어 명을 가리켜 보였다. 공교롭게도 그가 가리킨 사람들은 모두 트렌치코트를 입고 있었다.

그러고 보니 외국의 웬만한 대도시에서도 트렌치코트를 입은 사람들은 거의 본 적이 없는 것 같다. 어떤 복장 위에도 잘 어울리는 무난한 옷이라고만 여겼는데 그들에게는 꽤 차려입은 인상을 주는 아이템인 것 같다. 그래서인지 트렌치코트는 언제 어떤 것을 걸쳐도 거울 속 자신의 모습에 반하게 되는 매력이 있다.

그래서일까? 한국의 봄가을이 짧은 탓에 입을 수 있는 날을 손으로 꼽을 수 있을 정도인데도 내 옷장 속에서 단일 품목으로 가장 많은 옷이 트렌치코트다. 이건 내게 티셔츠를 포함해 옷이 아닌 다른 물건을 통틀어도 예외적으로 많은 경우다. 그런데도 매해 새로운 트렌치코트를 사고 싶다.

보수적인 디자인의 트렌치코트는 그것대로 두고, 유행에 따라 변주되는 것들도 계속 사고 싶다. 끝단에 바이어스처리가 되어 있는 트렌치코트, 빨강 트렌치코트, 뱀가죽무늬 트렌치코트, 몸에 꼭 맞게 원피스처럼 입는 트렌치코트, 짧은 트렌치코트, 통이 크고 길어 질질 끌리듯 입는 트렌치코트……. 이런 것들은 반짝 스쳐갈 유행 요소를 품고 있음에도 평생 입을 수 있을 것 같은 기분이 든다.

하지만 이렇게 해마다 주기적으로 찾아오는 '트렌치코트병'은 옷장을 열어보면 자연스럽게 치료되곤 한다.

'돌아오는 계절에 트렌치코트를 입을 날이 며칠이나 될까?'

'지난 계절에 지금 있는 트렌치코트를 몇 번이나 입었나?'
'새것으로 자리를 만들기 위해 옷장에 있는 트렌치코트 중 버릴 것이 있을까?'

이 세 가지 질문을 스스로에게 던지고 나면 이내 물욕이 사그라든다. 옷장에 있는 다섯 벌 정도의 트렌치코트는 한 번도 세상 빛을 보지 못하고 계절을 지나기 일쑤고, 정리하기에는 아직 옷이 너무 젊다. 게다가 트렌치코트는 저렴한 것으로 사는 법이 없기 때문에 미련을 떨치기가 더 어렵다.

그래서 요즘의 나는 트렌치코트를 좀 더 마구 입으려 한다. 당일치기 여행처럼 옷이 구겨질 만한 상황에서도, 격식을 차리지 않아도 되는 사람들을 만날 때도 내키기만 하면 트렌치코트를 입는다. 트레이닝 바지 위에 트렌치코트를 걸쳐도 위화감이 없는 근래의 다양성이 참 좋다.

종종 트렌치코트 같은 사람이 되고 싶다는 생각을 하곤 한다. 격식을 갖춘 듯하면서도 실상 꽤나 포용적이고 그 어떤 특별한 요소가 더해져도 보편적인 미덕을 잃지 않는 그런 사람 말이다. 시대와 함께 변하면서도 본질은 그대로이며 그 자체로 꾸준히 환영받는 것은 정말 근사한 일이다.

종종 트렌치코트 같은 사람이 되고 싶다는 생각을 하곤 한다.

격식을 갖춘 듯하면서도 실상 꽤나 포용적이고

그 어떤 특별한 요소가 더해져도

보편적인 미덕을 잃지 않는 그런 사람 말이다.

시대와 함께 변하면서도 본질은 그대로이며

그 자체로 꾸준히 환영받는 것은 정말 근사한 일이다.

헌 외출복이 홈웨어가 되는 것은
정해진 수순일까?

의외로 집에서 편하게 입는 옷의 조건은 까다로워요. 사람마다 가장 편하다고 느끼는 요소가 다 다른데 외출복에서 좌천된 옷이 그걸 다 충족하기란 쉽지 않거든요. 제 경우엔 무조건 잘 늘어나면서도 촉감이 매우 부드러워야 하고, 내킬 때마다 세수해도 젖지 않을 만큼 네크라인이 깊어야 하며, 너무 헐렁하거나 몸에 붙어도 안 돼요. 말끔히 지워지지 않을 얼룩이 묻어도 티가 나지 않는 색깔이나 무늬도 필수고요. 이런 옷은 일부러 구하기도 힘든데 외출복으로 입던 옷으로 만족하기란 쉽지 않더라고요.

따지고 보면 홈웨어는 집안일을 할 때 입는 작업복이기도 하고 수시로 하는 스트레칭에 방해되지 않는 운동복이기도 해요. 게다가 누워 뒹굴면서 가해지는 마찰과 잦은 세탁도 견뎌야 하지요. 딱 편했던 옷들이 닳고 해져서 사라지게 되는 일을 수없이 겪고 보니 제대로 값을 치르고라도 튼튼한 것을 사는 게 차라리 이득이겠다 싶기도 해요.

4부

좋은 쇼퍼의 조건,

정리

수많은 이사와 정리를 거듭하면서 보이지 않는 곳에

방치되는 물건들은 없는 것이나 마찬가지라는 걸 깨닫게 되었다.

언젠가 다시 꺼내 쓰게 될 거라고 믿었던 물건들은

수년 동안 잊혔다가 이사할 때 발굴되어 곧바로 버려지곤 했다.

물건은 보여야만
존재하는 거라고
생각하기

　며칠 전 온라인 쇼핑몰을 얼씬거리다 내 취향의 빈티지 접시를 발견했다. 그 순간 평소 자주 먹는 디저트들을 그 접시에 담아내는 이미지가 머릿속에서 영상으로 재생되었고, 1분이 채 지나지 않아 저건 내 삶에 꼭 필요한 물건이라는 확신이 들었다. 결제 버튼을 누르기 직전 나를 막아 세운 것은 물건을 보면 습관적으로 떠오르는 또 다른 영상이었다.

　영상 속 나는 주방 상부장을 열어 새 접시 놓을 곳을 찾고 있다. 세 칸짜리 주방 상부장에서 내 키로 손이 닿지 않는 가장 위 칸은 그냥 비워둔다. 상상 속 카메라는 수납장을 열면 바로 보이고 손이 닿을 수 있는 공간 중 남는 곳이 있는지, 자리를 내줄 헌 그릇이 있는지 샅샅이 살핀다.

아무리 시뮬레이션을 해봐도 자리가 마땅치 않겠다 싶으면 결제창을 향해 달려가던 욕구가 식기 시작한다. 그래도 아쉬움이 남으면 실제 주방으로 가서 수납장을 열어본다. 실물을 봐도 새 그릇이 놓일 자리가 계산되지 않으면 눈앞에서 어른대던 빈티지 접시는 이제 거의 잊히고 만다.

언젠가부터 살까 말까 하는 고민에 대한 결정 기준이 '그 물건을 바로 눈에 보이게 둘 수 있는가'가 되었다. 마음에 쏙 드는 접시를 새로 샀다면 쓰던 접시를 창고에 처박아두거나 수납장 안쪽 깊은 곳에 넣어두면 그만이라고 생각할 수 있다. 그러나 수많은 이사와 정리를 거듭하면서 그렇게 보이지 않는 곳에 방치되는 물건들은 없는 것이나 마찬가지라는 걸 깨닫게 되었다. 언젠가 다시 꺼내 쓰게 될 거라고 믿었던 물건들은 수년 동안 잊혔다가 이사할 때 발굴되어 곧바로 버려지곤 했다.

어느 순간부터 나는 눈에 보이는 물건만 '있는' 것으로 여기기로 했고, 있는 물건은 모두 보이도록 정리를 했다. 수납장의 조리 기구는 한 줄로 늘어놓고 안쪽은 비워둔다. 옷은 모두 옷걸이에 걸어두고 계절이 아닌 옷이나 속옷류만 서랍장에 세워서 정리해 둔다. 전시하듯 둘 수 없는 물건들은 수납 바구니에 스티커를 붙여 종류별로 몰아 넣어둔다.

내 집의 물건들은 종류별로 다 제자리가 있다. 그 자리가 부족해지면 나는 공간을 확장하지 않고 물건을 버린다. 신기하게도 그렇게 한 차례 정리를 할 때마다 반드시 버릴 물건들이 쏟아져 나온다. 결혼이나 출산처럼 인생 사이클이 바뀌는 사건이 생기지 않는 한 쓸모 있는 물건만으로 정해진 자리가 넘치는 일은 없다.

보이는 물건만 있는 것으로 여기는 습관은 쇼핑 습관도 어렵지 않게 정리해 준다. 내가 빈티지 접시의 결제창을 닫았듯 쇼핑을 말려주기도 하지만 집에 있는지 없는지 알쏭달쏭한 물건을 고민 없이 살 수 있게 하기도 한다.

이를테면 '전에 집에서 본 것 같은 배관용 테이프'가 필요한 상황이고 그게 당장 눈에 보이지 않는다면 더 찾아보며 기운을 낭비하는 대신 그냥 산다. 매뉴얼대로 한 일이기 때문에 나중에 엉뚱한 곳에서 배관용 테이프가 나와도 후회는 없다.

세제나 비닐 랩 같은 소비재를 살 때 개당 가격이 비싸더라도 갈등 없이 한 개씩만 사는 것, 옷장이 실제로 입는 옷들로만 채워져 있는 것, 어떤 물건이든 찾는 데에 3분 이상 걸리지 않는 것도 이 습관 덕이다.

보이고 만져지고 찾을 수 있는 것에만 존재를 부여하는 태도는 생각보다 용기가 필요한 일이다. 그렇지 않은 것들을 정리하려면 내가 줄 수도 있는 기회를 버리는 기분이 들기 때문이다. 그러나 일단 이 다짐에 나를 길들이고 나면 삶 전체가 심플해진다.

한창 복잡하게 살던 시기에는 보이는 것에서 보이지 않는 것을 이끌어내는 게 인생의 의미라고 믿었다. 표현되지 않는 상대의 진심에 집착하고 상대도 그러기를 원했다. 쓰레기 더미 안에서 보석을 찾아내려 들었던 무모함, 실체가 없는 어려움에 지레 두려움을 느끼며 나를 포기했던 어리석음도 그런 믿음에서 나왔다.

그러나 그것은 보이는 것들과 보이지 않는 것들을 경계 짓는 일에 마음의 힘을 쓰기 싫은 게으름이었다는 것을 이제는 안다. 가능성은 내가 버려둔 영역에 잠들어 있지 않고 내가 끌어다 놓은 곳에서 움트는 것이다.

그러므로 인생이 복잡하고 피곤하다면 보이는 물건만 있는 거라고 생각을 바꿔보라. 내 결정에 따라 삶이 얼마나 단순해질 수 있는지 알고 나면 깜짝 놀랄 것이다.

카페 같은
내 집 인테리어에는
요통이 따라온다

유독 집을 좋아하고 또 전업 작가라는 직업 특성상 집에 머무는 시간이 많기는 하지만 내가 인테리어에 신경을 쓰게 된 계기는 훨씬 즉물적인 것이었다. 다름 아닌 돈.

처음으로 전세를 살게 된 작은 다세대 주택에서 이사를 나갈 때였다. 그때 나는 임신 중이었는데 출산 전에 이사를 마치고 새로운 지역에서 자리를 잡을 계획을 세워놓고 있었다. 그런데 임신 초기에 내놓은 집이 만삭이 될 때까지 나가지 않는 것이었다.

적지 않은 손해를 볼 수 있어 사정이 급해진 나는 뭐라도 해보자는 생각에 돈을 들여 집을 꾸미기 시작했다. 욕실에 세면대를 새로 설치했고 구식 싱크장에 깔끔한 우드 시트지를 붙였다. 그렇게 하자 몇 개월 동안 수십 명이 다녀가고도 거들떠보지 않던 집에 바로 다음 날 새로운 세입자가 나섰다.

일이 단번에 해결된 건 다행이었지만 나는 뭔가 억울했다. 수년간 못생기고 불편한 집에서 살다 떠날 때가 되어서야 비용과 품을 들여 살 만하게 만들어놓은 건 아무리 생각해도 어리석은 일이었다. 그래서 이사 간 집부터는 전세라도 '남의 집'이 아니라 '내가 살 집'이라는 생각으로 인테리어에 신경을 쓰기 시작했다. 그러자 전세는 물론 나중에 내 집을 사서 팔 때도 부동산에 내놓기가 무섭게 작자가 나섰다.

예쁜 집이 더 값을 받는 건 아니지만 타이밍이 곧 돈인 부동산 거래에서 다른 사람이 매력을 느낄 수 있는 공간이라는 건 큰 장점이 된다. '같은 아파트니 더 싸게 사서 내가 인테리어 공사를 하는 게 이득이지'라고 판단하는 게 합리적일 수 있는데도 사람들은 의외로 눈으로 봐서 좋은 인상을 받는 장소에 끌린다는 걸 몇 번의 경험을 통해 알게 되었다.

큰돈이 오가는 거래니 이해득실이 우선일 것 같지만 오히려 큰 거래라서 더 느낌이나 기분을 중요하게 여긴다. 얼마나 살게 될지 모르지만 사는 동안에는 최대한 마음에 드는 공간으로 만들어 살고 싶다는 욕구는 이렇게 현실적으로 타당한 근거까지 지원받게 되었다.

내 집을 가지게 되면서부터는 이사 1년 전부터 인테리어 잡지를 구독하거나 기회가 되는 대로 아파트 견본 주택을 구경하며 공부를 했다. 비용을 마음껏 들이겠다고 작정하면 무한대로 들어갈 수도 있는 게 인테리어기에 형편 안에서 공간에 대한 로망을 실현하려고 애를 썼다.

하지만 그렇게 해도 집은 잡지에 나오는 것 같은 카페 같은 모양이 되지 않았다. 한동안 나는 그게 역시 비용의 한계 때문이라고 믿었다. 낯선 실내 공간에 가서 바닥재를 보기만 해도 시공비 계산이 저절로 나오던 그 시기의 내게는 비용을 머리에서 지운 채 마음껏 꾸밀 수 있을 상황 자체가 로망이었던 것도 같다.

그 과정을 몇 번이나 반복해서 거치고 나서야 비로소 나는 내가 아무리 부자가 되어도 카페 같은 집에는 살 수 없는 사람임을 알게 되었다. 모든 아름다움에는 불편함이 따른다. 이전에는 왜 그 원칙이 공간을 꾸미는 데에도 적용된다는 걸 몰랐는지 모르겠다.

실내 공간이 시원하면서도 아늑해 보이려면 가구의 높이가 낮거나 아예 위쪽 공간이 비어 있는 게 좋다. 그래서 오직 아름다움만 고려한다면 주방 인테리어의 최고 조건은 상부장을 없애는 것이다. 하지만 주방 살림이 별로 없는 편인 나조차 상부장이 없는 주방 수납은 상상이 잘 되지 않는다.

실제로 사람이 생활하는 공간을 그렇게 꾸미려면 주방 그릇을 두는 공간을 따로 더 두거나 하부장으로 수납을 벌충할 수 있을 만큼 주방이 어마어마하게 커야 한다. 그야말로 카페에나 적용할 수 있는 인테리어다. 상부장 없애는 주방 인테리어가 유행하던 시기에 유행 따라 주방을 꾸민 이들은 이사를 할 때 집의 다음 주인을 구하는 데 애를 먹을 수 있다.

간단한 변화로 공간에 개성을 붓는 데 조명만 한 것이 없다. 그래서 카페 같은 집을 위해 내가 가장 열심히 찾아본 것도 조명이었다. 그 과정에서 내가 알게 된 사실은 조금이라도 내 마음에 들 만한 조명등은 모조리 한국형 아파트에 어울리지 않는다는 것이었다.

층고가 높은 공간에서 달처럼 빛나는 펜던트 조명등이 우리 집 거실에 있다면 그야말로 달을 집에 들인 것처럼 부담스러울 것이 틀림없었다. 천장이 낮은 공간에서도 괜찮은 몇 가지 펜던트 조명등이 '국민 식탁등'으로 불릴 정도로 집집마다 있는 이유도 그거였다.

그나마 아파트에서도 카페 분위기를 낼 수 있는 조명이 간접등인데 첫 집에서 공사를 해보고 다시는 시도하지 않았다. 활동하는 동안에는 활주로처럼 집을 밝히고 잘 때는 눈을 뜨나 감으나 똑같은 어둠을 위해 암막 커튼까지 치는 사람인 나는 침침한 간접 조명에 답답함을 느꼈다.

카페 같은 인테리어에서 빼놓을 수 없는 게 또 소파나 의자다. 맞춤 가구로 수납장을 대신하는 요즘, 집안에서 가장 부피를 많이 차지하는 가구는 아마 소파일 것이다. 더군다나 가장 많은 시간을 보내고 인테리어가 집중되는 공간인 거실에 놓여 있기 때문에 소파만 근사한 것으로 두어도 집이 눈에 띄게 예뻐진다.

문제는 그런 소파가 책상이나 싱크대처럼 작업을 위한 가구가 아니라 쉬기 위한 가구라는 것이다. 수십 년 딜레마에 시달린 끝에 내가 내린 결론은 편안한 소파가 '인테리어적'이기는 어렵다는 것이다. 우선 매일 피부가 닿는 가구니 색깔부터가 어두워야 부담스럽지 않다. 한때 벗겨서 세탁이 가능한 밝은 색 패브릭 소파를 산 적도 있었으나 얼마 지나지 않아 세탁이 안 되는 프레임 부분이 꼬질꼬질해졌다. 게다가 단단한 소파 쿠션에서 커버를 벗겼다 씌우는 과정의 난이도도 보통이 넘었다.

가죽소파와 달리 냄새도 밴다. 요즘에는 그나마 기능성 패브릭 소파가 많이 나와 많은 사람들이 하얀 소파에 대한 로망을 실현하고 있긴 하지만 사용 기간이 몇 년 더 쌓여야 그게 충분한 대안인지 확인할 수 있을 듯하다.

사람들이 카페에서 비교적 편안하다고 느끼는 디자인의 소파들도 집에 두고 조금만 오래 앉아 있으면 허리가 아프기 일쑤다. 소파가 예쁘면서도 공간을 빛내주려면 등받이가 낮아야 하는데 이렇게 되면 경추를 받쳐주지 못해 불편할 수밖에 없다.

등받이를 예쁜 개별 쿠션으로 대신하거나 볼록하게 쿠션이 올라와 있는 소파들도 요통을 부른다. 카페 기분이 나게 하는 예쁘장한 소파는 대체로 앉으나 누우나 불편하다고 보면 된다. 품질이 문제가 아니라 디자인의 특성상 그렇다.

소파를 찾아 헤매다가 편한 것으로 유명한 미국의 리클라이너 브랜드 매장에 들른 적이 있었다. 4인용 소파에 잠깐 앉았다가 어찌나 편하던지 이걸로 살까 고민을 했다. 그러나 거기서 일어나 멀찍이서 한 번 바라보고는 이내 생각을 접었다. 아무리 편한 게 중요해도 '육중하고 둔탁한 저놈에게 내 거실을 내주는 것이 과연 내 영혼에까지 편안한 일일까'라는 의문이 들었기 때문이다.

지금은 인테리어를 20퍼센트 정도 고려한 소파에 내 척추를 맡긴 채 몸과 영혼이 두루 편하게 지내고 있다. 물론 그 소파가 있는 거실 풍경은 카페 같은 인테리어와는 거리가 좀 있다.

이런저런 시도 끝에 카페 같은 집에 대한 미련을 버리게 된 나는 이제 카페 같은 공간이 필요하면 그냥 카페에 간다. 내가 원했던 것은 일상생활의 공간이기보다 삶을 환기하기 위한 공간이었음을 알게 된 셈이다. 아름다움과 편안함 사이 그 불안한 타협점에 내 안식을 맡기고 싶지 않다. 아름다움을 느끼고 싶을 때는 빼어난 누군가가 한 가지 콘셉트로 거침없이 설계해 놓은 공간들을 방문해 충족받기로 했다.

요즘의 나는 일상인으로서 추구할 수 있는 최선의 인테리어는 '청소'라고 느끼고 있다. 오브제로서의 소품들을 집안에 두지 않는 이유도 그것이다. 청소만으로도 충분히 비워질 수 있는 깨끗하고 단순한 공간을 위해 무언가를 덜어낼 때 희열이 밀려든다.

쇼핑 사색

진정한 쇼핑 쾌감은 신중하게 고른 물건들 속에서

내 안의 어떤 부분이 함께 낡아져 가는 기분

이 시대의 금과옥조,
아끼다 X된다

얼마 전 답례로 호텔 레스토랑에서 두 사람이 저녁을 먹을 수 있는 식사권을 받았다. 아마 이전의 나였다면 기념일 같은 날 쓰거나 누군가에게 선물해야겠다는 막연한 계획을 세우고는 그것을 서랍 깊은 곳에 넣어두었을 것이다.

그러나 이번에는 바로 가족과 일정을 맞춰 예약했다. 생각지도 않던 선물을 받아 살짝 들뜬 마음이 숨죽기 전에 얼른 그것을 먹는 즐거움으로 연결시킨 것이다. 좋은 것이 손에 들어오면 그걸 사용하기를 지연시키고 가장 좋은 순간을 기다리는 걸 마지막으로 해본 게 언제인지 기억도 나지 않는다. 요즘의 나를 움직이는 가장 빛나는 황금빛 명언은 '아끼다 ×된다'는 속담이다.

어릴 때 가장 설레는 선물은 단연 과자 선물 세트였다. 집에 손님이 오시거나 크리스마스 같은 때 받아 축제처럼 개봉을 하곤 했다. 상자는 어린 눈에 백 개도 넘어 뵈는 과자로 꽉 차 있었는데 나는 그중 가장 맛없어 보이는 과자를 늘 먼저 골라 먹는 아이였다. 가장 비싸고 맛있는 과자를 먹는 감격의 순간은 더 못한 것들을 먹는 차선의 기쁨을 쌓아가는 동안 더 극대화될 것이었다.

그러나 절정이어야 할 '최고 과자의 순간'은 대체로 내 기대와 달랐다. 다른 가족이 별생각 없이 먹어버리거나 적정 보관 시간이 지나 눅눅해져 버리는 사건 사고가 잦았다. 더 어이없는 일은 제대로 계획 단계를 밟아 먹을 때조차도 그 최후의 과자가 상상보다 맛있지 않다는 것이었다.

군것질을 거의 하지 않던 입이 며칠간 단것에 익숙해진 터라 기억하는 만큼의 맛을 느낄 수 없었다. 이런 일을 반복해 겪으면서도 나는 과자 선물 세트를 받을 때마다 가장 맛있는 과자에 차마 먼저 손을 대지 못했다.

심리학에서는 만족지연 능력을 발달이나 성취의 중요한 지표로 본다. 미래의 더 좋은 것을 위해 현재의 만족을 포기할 수 있는 능력은 사람이 놀러 나가는 대신 공부나 일을 하게 만들기 때문이다. 종합 과자 세트뿐 아니라 모든 성장 과정에서 만족 지연이 몸에 밴 내가 비교적 순탄하게 커리어를 쌓을 수 있었던 이유도 그래서였을 것이다. 하지만 스스로 물건을 들이는 삶을 살게 되면서 점차 나는 나의 어느 부분이 잘못되어 있다는 것을 알게 되었다.

내 가용 범위 안에 들어오는 물건들이 좋을수록 아까워하고 최고의 만족 순간을 미루는 습관은 결국 손해를 끼치기 일쑤였다. 큰맘 먹고 산 니치 향수(소수의 취향을 만족시키는 프리미엄 향수)는 아껴 뿌리다 향이 변했고 선물 받은 핸드크림은 사용 기한을 지나버렸다. 파리에서 산 고급 비누를 무려 10년 후에 발견하기도 했다.

여행이나 세일처럼 필요보다 타이밍이 동기가 되어 사들인 물건들일수록 더 그랬다. 어차피 현재의 필요에 맞춰 들인 것이 아닌 특별한 물건이니 아무래도 '지금'이라는 시간은 그걸 사용하기에 맞지 않는 것만 같았다. 그래서 일상용품이 떨어지면 좋은 것은 제쳐두고 유통기한이 얼마 남지 않은 것, 저렴한 것부터 뜯어 헐어내듯 썼다.

이 습관을 돌아보게 된 건 정리를 취미 삼기 시작하면서부터였다. 큰 인생 사건을 겪어내던 시기에 물건을 정리하는 게 도움이 된다는 것을 깨닫고 나서는 틈만 나면 수납장을 열어 정리를 하곤 했다. 주기적으로 재고 파악을 하다 보니 좋은 물건이 속절없이 가치를 잃어가는 걸 확인하게 되었는데, 점점 이것만큼 어리석은 일이 없다는 생각이 들었다.

생각해 보면 만족지연은 보상이 있을 때에만 의미가 있다. 그 유명한 마시멜로 실험에서 눈앞의 마시멜로를 먹지 않고 참은 아이들이 나중에 더 많은 성취를 이룬 건 '더 많은 마시멜로'라는 만족지연의 보상이 있기 때문이었다. 목적성 없는 만족지연은 현재를 더 유용하게 쓰지 못하게 하는 나쁜 습관일 뿐이다.

좋은 것을 즐길 만한 가장 좋은 순간은 언제나 '지금'이다. 그래도 자꾸만 자력에 이끌려 제자리로 돌아가려고 하는 스스로에게 종종 '아끼다 ×된다'라고 중얼거리곤 한다. 사는 일들을 흐름으로 지켜보면 정말이지 이만큼 적확하게 인생의 진실을 관통하는 금언도 드물다.

이제 내 삶 안으로 들어온 것들을 아끼지 않기로 한 나는 주기적으로 창고를 완전히 비우는 식으로 물건들을 쓰고 들인다. 좋은 가방은 근사하게 차려입고 멀리 나갈 때뿐 아니라 동네 마실 나갈 때도 그냥 든다. 좋은 중고 상태를 유지하기보다는 그 가방이 가장 예뻐 보일 시기에 한 번이라도 더 드는 게 낫다고 느낀다. 좋은 화장품을 선물 받으면 그것

오늘날 가장 세련된 소비는

적게 사고 그걸 완전하게 소진하는 것이다.

이것은 물건을 사는 행위보다

쓰는 과정에 집중하는 습관과도 연결되어 있고,

작은 단위로 재원을 쓰는

삶의 자세에도 영향을 준다.

먼저 사용한다. 가장 좋은 것을 가장 신선할 때 쓰기로 한다. 음식은 가장 맛있는 것에서 덜한 순서로 먹는다. 음식 상태가 가장 좋을 때 그리고 내가 가장 배고플 때 가장 좋아하는 걸 먹는 게 낫다.

기프티콘을 선물 받으면 일주일 안에 사용하거나 선물한다. 어영부영 미루다가 사용 기한이 지나거나 있다는 것조차 잊어버린 게 한두 번이 아니다. 요즘은 늦어도 이틀 안에 기프티콘 보관함을 비우며 그걸 가족 이벤트로 삼는다. 냉동실이 반만 채워져 있는 상태를 기본으로 여기고 식품류 쇼핑을 하거나 다음 끼니 메뉴를 결정한다. 냉동실이 꽉 찬 상태가 일주일 이상 지속된다면 거기 빨리 먹어야 할 무언가가 있는 거라고 생각하면 거의 틀림없다.

어떤 물건이든 포장 상자 그대로 보관하고 사용 직전에 뜯어내 버린다. 상자에 든 물건은 자기 정체를 한눈에 알 수 있도록 광고하면서 공간을 마구 차지하고, 그래서 같은 물건을 계속 사들이는 실수를 줄여 물건을 제때 쓸 수 있다. '손님 올 때만 꺼낼 만한 그릇'을 아예 사지 않는다. 좋은 그릇을 갖게 되면 아끼지 않고 일상에서도 쓴다. 나는 흠결 없는 도자기 세트를 미래의 내 손녀가 50년 된 빈티지라며 SNS에 올리는 상황을 원하지 않는다.

이제 내 삶 안으로 들어온 것들을

아끼지 않기로 한 나는

주기적으로 창고를 완전히 비우는 식으로

물건들을 쓰고 들인다.

오늘날 가장 세련된 소비는 적게 사고 그걸 완전하게 소진하는 것이다. 이것은 물건을 사는 행위보다 쓰는 과정에 집중하는 습관과도 연결되어 있고, 작은 단위로 재원을 쓰는 삶의 자세에도 영향을 준다. 돈뿐 아니라 시간, 열의, 감정도 너무 큰 단위로 뭉텅 써버리면 의미 없이 허비되는 부분이 많아진다. 때로는 그 덩어리에 물려 아예 사용을 못하게 되는 일도 생긴다. 그 어떤 쓰임이건 '지금'이 전제되지 않는 것은 거절하는 습관이 삶의 질을 높여 준다.

근래 혼자 집안의 작업실에서 글을 쓰는 나는 작업하려고 앉기 전에 향수를 뿌린다. 어쩌다 손에 들어온 값비싼 것이지만 개의치 않는다. 영화 촬영할 때 슬라이드를 치듯 향기로 장면 전환을 하는 지금의 용도라면, 아끼다 이도 저도 아닌 액체가 되어버리는 것보다 수백 배는 낫다. 무엇보다 지금의 내가 조금이라도 더 행복하지 않은가.

헌 물건에 투자하는 것도 쇼핑

물건이 흔해진 시대를 통과하면서 웬만한 물건은 고장 났을 때 새로 사는 게 이득이라는 걸 하나씩 확인하게 되었다. 우산을 수선하고 가위와 칼을 갈아주는 직업이 사라진 이유도 납득이 된다. 처음에는 애매하게 삐끗하는 물건들을 그대로 쓰면서 불편에 익숙해져갔다. 잘 들지 않는 식가위로 음식을 뭉개다시피 자른다든지, 간혹 저절로 잠겨버리는 문손잡이 때문에 아예 방문을 열어놓고 산다든지 하는 식으로.

그러다 고정되어 있어 집의 일부라고 인식되는 물건들조차 대체로 소모품이라는 걸 깨닫고 바꾸기 시작했다. 물이 조금씩 새는 수전이나 가족만 아는 특정 각도로 비틀어야만 열리는 문고리, 흐려진 천장등 따위를 새것으로 바꾸니 적은 투자로도 삶의 질이 높아졌다. 그 이후 나는 절대왕정 시대의 냉혹한 폭군처럼 거슬리는 물건들을 갈아치우기 시작했다.

모든 물건을 소모품으로 인식하게 된 요즘의 내 관심사는 거꾸로 비용을 들여 물건을 고쳐 쓰는 일이다. 몸값이나 부피가 큰 물건들은 내가 원하는 기능이 완전히 소멸할 때까지 고쳐서 쓰는 게 낫겠다는 생각을 하게 된 것이다.

물건을 바꾸는 일에 완전히 흥미를 잃어버리게 된 결정적인 계기는 다름 아닌 고양이였다. 고양이와 함께 살게 된 이후부터는 집안에 들인 웬만한 새 물건은 즉시 헌것이 된다. 물건을 할퀴거나 물어뜯는 버릇이 없는 녀석인데도 집안 곳곳에 존재감이 새겨진다. 사람의 손길이 지문 자국과 손때를 남기는 것처럼, 이빨과 발톱을 손처럼 쓰는 녀석의 탐색은 좀 더 영구적인 흔적으로 남는다.

새것에 대한 기대와 욕망이 사라진 자리에 어떻게든 있는 것을 살려 잘 써보고 싶다는 의지가 싹텄다. 그런데 막상 해보니 이런 방식이 나와 잘 맞았다.

가구나 전자제품처럼 단위가 큰 물건들은 어느 순간부터 이사 같은 큰 이벤트가 생길 때까지 '버티는' 숙제의 대상이 되기 쉽다. 딱히 새로 들이고 싶은 대체품이 정해져 있지 않아 무리해서 바꿀 마음은 없지만 물건이 낡아 제 몫을 못 하는 걸 느끼는 생활 속 장면들이 늘어간다.

그럴 때마다 헌 물건에 쓰는 돈이 아깝다는 생각을 애초에 접고 바로 고쳐 사용하니 삶의 질이 높아지는 기분이 든다. 요즘 나는 처음 물건을 산 값의 20퍼센트 정도까지는 별 망설임 없이 수선비로 사용한다. 그것의 대체품은 훨씬 값나가는 신제품이기 때문에 수선비 단위가 커도 내게는 득이 된다. 최근에는 사람들을 서로 연결시켜 주는 플랫폼이 늘어나면서 이 일이 더 쉬워졌다. 남의 품을 헐값에 들이겠다는 마음만 거두면 검색 몇 번으로 다 찾을 수 있다.

이렇게 해서 소파, 텔레비전, 식기세척기, 식탁, 냉장고가 온전히 수명을 다하고 내 집을 거쳐 갔거나 반짝거리며 낡아 가고 있다. 쓰던 물건이 완전히 소진되어 새로 온 물건에 고양이가 낸 어쩔 수 없이 생긴 흠결도 마음에서 수용이 된다. 소유를 전제로 하는 가치보다 내 손에 있을 때의 쓸모에 초점을 맞추면 가구의 긁힌 자국 하나에 일일이 속을 쓸어내리지 않아도 된다.

물건을 온전히 쓰되 그것에 예속되지 않을 수 있다는 건 쿨한 일이다. 상처 받을까 마음을 쓰며 곁에 두는 것은 사람으로 족하다.

좋은 쇼퍼의 조건, 정리

쇼핑 이력이 쌓이면서 점점 절감하게 되는 것 중 하나가 물건 하나의 가치보다 기존의 것들과의 조화가 더 중요하다는 점이다. 접시 하나가 예쁘다고 덜컥 사기보다는 이미 가지고 있는 테이블웨어 중 그것과 어울리는 것이 있는지 생각해 봐야 하는 식이다.

옷이나 인테리어 소품은 말할 것도 없고 보다 실용적인 물건들도 쓸모의 궁합이 중요한 경우가 생각보다 많다. 물건을 사기 전에 이걸 생각할 수 있으려면 어울림을 상상할 수 있는 감각보다 먼저 필요한 게 있다. 바로 재고 파악이다. 자신이 어떤 물건을 얼마나 갖고 있는지 충분히 알고 있어야 새로운 물건도 잘 살 수 있다. 그래서 정리하는 습관이 필요하다.

많은 사람이 아직도 물건을 정리하는 것을 '재배열'로 오해한다. 분류하거나 차곡차곡 쌓아 공간을 줄이는 걸 정리라고 생각한다. 그러나 정리는 물건을 버리지 않고는 불가능하다. 필요한 물건만 있는 상태에서는 웬만해선 어질러지지 않는다. 정리가 필요하다고 느끼는 것 자체가 불필요한 물건이 질서를 어지럽히고 있다는 신호다.

집안의 어딘가에서 정리가 필요하다고 느낄 때 나는 모든 물건을 꺼내 산같이 쌓아두고 하는 식의 대대적인 정리는 하지 않는다. 그런 큰일은 6~7년에 한 번씩 해온 이사 때마다 저절로 하게 되는 것만으로도 충분하다.

주기적으로 작은 규모로 정리를 하는데 한 번에 한 섹션에서 버릴 물건만을 골라내 쓸 만한 것은 나누거나 중고로 팔고 나머지는 바로 버린다. 버릴 만큼 버렸다고 생각될 때 물건을 모두 꺼내 재배열한다. 그렇게 모두 꺼내면 또다시 버릴 물건이 나타나긴 하는데 짧은 시간 내에 감당할 수 있을 양일 뿐이다. 그렇게 하면 일정 시간 내에 정리를 끝내야 한다는 압박에서 벗어나 오히려 정리를 주기적으로 자주 할 수 있게 된다.

많은 사람이 아직도

물건을 정리하는 것을 '재배열'로 오해한다.

정리는 물건을 버리지 않고는 불가능하다.

정리가 필요하다고 느끼는 것 자체가

불필요한 물건이 질서를 어지럽히고 있다는 신호다.

집안에 물건이 늘어나는 것에 늘 부담을 느끼는 나는 뭔가를 사기 전에 버릴 물건부터 확인한다. '하나 사면 하나를 버린다'는 나름의 원칙이다. 조금이라도 용도가 겹치면서 버릴 수 없는 물건이 있으면 사지 않는다. 주스 한 컵 낼 수 있는 작은 블렌더가 있으면 만능 블렌더를 사지 않고, 전기밥솥과 스테인리스 압력밥솥을 동시에 두지 않는 식이다. 얼마 전에는 제습 기능이 보조적으로 들어가 있는 가전들로 바꾸면서 제습기를 처분했다. 한 가지 물건으로 완전히 대체할 수 없는 불편함은 그냥 감수한다. 많은 물건을 떠안고 사는 갑갑함에 비하면 가끔 겪는 불편함이 낫다고 여긴다.

물건을 새로 사고 나서 일종의 유예 기간을 두기도 한다. 무언가의 업그레이드 버전을 샀는데 써보니 갖고 있던 물건이 더 나은 경우가 있기 때문이다. 그럴 때는 새것을 더 묵히지 않고 재빨리 중고로 팔거나 주변 필요한 사람에게 주곤 한다.

따지고 보면 우리가 가질 수 있는 유형의 것 중 공간만큼 값비싼 것도 없다. 그런 공간을 확보하는 것을 포기할 만큼의 물건이라면 정말 용도가 확실해야 한다고 생각한다. 앞으로의 쓸모가 불확실하다면 처분했다가 나중에 다시 사는 것도 손해가 아니다.

스트레스를 풀고 싶을 때는
사라지는 물건 사기

세상은 거시적으로는 원하는 대로 살 수 있지만 미시적으로는 마음대로 되는 것이 하나도 없는 곳이다. 아무리 무언가를 쉽게 이루는 것처럼 보이는 사람조차도 가까이에서 들여다보면 그 과정을 건너오면서 생긴 여러 잔흔이 있다. 그 어떤 것도 쉽게 얻지 못하는 삶에서 거의 유일하게 확실한 결과물을 즉시 받을 수 있는 일이 바로 쇼핑이다. 그게 우리가 쇼핑에 끌리고 일시적이나마 위안을 얻는 이유다.

쌓여 있는 물건에 곧잘 못마땅함을 느끼곤 하는 나 역시 물건보다 물건을 사는 행위가 필요할 때가 있다. 이래저래 삶에 치여 무작정 바람 쐬러 밖에 나왔을 때, 인생이 근본적으로 참 슬프다는 걸 문득 깨달았을 때, 관계라는 게 도리어 외로움을 의연하게 견디는 과정임을 확인한 날 무언가를 사고 싶은 기분을 느낀다. 생의 일부를 스쳐가는 감정이고 이 시간을 건강하게 버티면 곧 아무렇지 않다는 걸 잘 알아도 그렇다. 그럴 때면 나는 '사라지는 것'을 쇼핑한다. 부질없는 충동이 부피를 차지하는 산물로 남는 부담을 지고 싶지 않아서다.

시도 때도 없이 발라 없애는 핸드크림, 헤프기 짝이 없는 바디로션 같은 것이 그럴 때 사는 물건들이다. 이런 쇼핑에서는 팔 할이 재미이기 때문에 지난번에 좋았다는 이유로 같은 제품을 두 번 이상 사는 일이 드물다. 얼굴 피부처럼 바를 수 있는 것이 정해져 있지 않기 때문에 패키지가 예뻐서, 향기가 좋아서, 세일을 해서 등 완전하게 충동에 충실한 쇼핑을 한다.

그런 것마저 있을 만큼 있으면 먹는 것을 산다. 나는 원래 빵이나 과자를 거의 먹지 않는 사람이었다. 그런데 '쇼핑하는 재미가 있는 먹을 것'이라는 이유로 이름난 빵류를 조금씩 사보다가 이제 툭하면 빵을 먹는 사람이 되었다. 두부나 대파 같은 것을 사면서도 쾌감을 느낄 수 있었다면 좋았겠지만 아무래도 인간은 생존을 위해 불필요한 것들을 살 때만 도파민이 분비되는 모양이다.

나는 원래 빵이나 과자를 거의 먹지 않는 사람이었다.

그런데 '쇼핑하는 재미가 있는 먹을 것'이라는

이유로 이름난 빵류를 조금씩 사보다가

이제 툭하면 빵을 먹는 사람이 되었다.

카페와 같은 공간을 소비하는 것도 좋다. 이건 단순히 밖에서 비싼 커피를 마시는 행위가 아니라 거기 머물러 있는 경험과 시간을 사는 일이다. 새로운 환경에 들어가게 되면 내가 가지고 있지만 평소에는 일깨울 수 없는 종류의 감성이 드러나곤 한다.

요즘 부쩍 푼돈을 쓰곤 하는 '사라지는 쇼핑 아이템'은 콘텐츠다. 좋아하는 영화를 결제해서 다시 보거나 웹툰을 결제해서 몰아 보곤 한다. 평소 게임을 하는 사람이라면 그쪽에 돈을 쓰는 것도 콘텐츠를 쇼핑하는 일이 될 것이다.

여러 여건이 갖춰지기만 한다면 아마 이 방면 최고의 쇼핑은 여행이지 않을까. 소비와 동시에 소진되면서 경험을 남기는 스트리밍 쇼핑의 전형이기 때문이다. 여행 소비에서 유일한 후회는 할 수 있을 때 좀 더 많이 다니지 않았다는 것뿐이다.

여행은 특정 시기의 행복감을 이미지화할 때 가장 먼저 떠오르는 기억 속 영상을 만들어준다. 한 사람의 정체성이 기억이라고 할 때, 누군가의 인생 전반에 강렬한 행복 기억이 심어져 있다면 그 사람의 지나온 삶을 행복했던 것으로 정의해도 되지 않을까? 여행의 가치는 그런 종류의 것이다.

사고 싶은 욕구를 굳이 참고 싶지 않은 날을 위해 쇼핑할 품목을 미리 정해두면 12개월 할부 결제 명세서를 받거나 물건에 공간을 뺏기며 살지 않아도 된다. 지금 메모장을 꺼내 자신만의 '사라지는 쇼핑 품목'을 만들어보는 것은 어떨까?

덧.

그러나 모든 원칙을 투명 망토를 걸친 듯 비껴가는 아이템이 한 가지 있다. 다름 아닌 책이다. 경험 소비이자 콘텐츠 소비라서 얼마든지 무형의 콘텐츠로 소진할 수 있음에도 책만큼은 아직 종이로 된 것을 산다. 전자책과 오디오북도 동시에 이용하지만 그런 수단으로 읽는 책은 종류가 따로 있다. 좀 더 진지하게 읽고 싶은 책은 반드시 종이책으로 읽는다.

심리학자들에 따르면 책은 단순히 텍스트만 접하는 것 이상의 의미가 있다고 한다. 부피를 가진 종이 뭉치를 쥐고 내가 어디쯤 읽고 있는지 직관적으로 의식하는 것이 생각보다 중요하다고 한다.

오래전에 서점은 썩 괜찮은 사업이었다. 물건 각개의 가치에 비해 부피가 작고 진열이 편해서 공간 대비 큰 수익을 낼 수 있어서였다. 이제 그런 책의 장점을 거꾸로 내 서재에 적용하곤 한다. 가치에 비해서는 공간을 별로 차지하지 않으니 물건을 들인다는 부담을 잊고 사고 싶은 만큼 사기로.

첫눈에 반한 사랑이 악연이듯
첫눈에 반한 물건도 악연이다

전에 연애에 대한 수다가 오가던 자리에서 이런 말을 들은 적이 있다.

"첫눈에 반하는 상대와는 악연인 거래요. 그래서 끝까지 행복하기가 어렵대요."

전생이나 내세를 믿는 편은 아니지만 나쁘게 얽힌 인연이 첫눈에 반할 만한 끌림으로 이어진다는 말은 그럴 듯해 보인다. 상대의 성품이나 내실이 아닌 이미지만을 근거로 함께하고 싶다는 확신을 주는 게 다름 아닌 '첫눈에 반한다는 것'이다. 그 두 사람이 함께할 나머지 시간은 반증을 쌓으며 완벽한 확신을 깎아나가는 과정이 되는 셈이니 해피엔딩이 어려울 법하다.

이런 식의 유추는 쇼핑에도 적용할 수 있다. 흔하지 않은 일이지만 첫눈에 반해서 꼭 손에 넣고 말겠다고 욕망을 불태운 물건과의 인연은 늘 결말이 안 좋았다. 어릴 때 문구점에서 보고 홀랑 반해 한 달 용돈을 털어서 산 샤프펜슬은 이틀 만에 고장나 분해되었고, 백화점에서 보자마자 홀린 듯 결제한 고가의 원피스는 단 두 번 입었을 뿐이다.

오히려 괜찮은 듯 아닌 듯 애매한 마음으로 집어 들었다가 살필수록 단점이 없어서 사기로 결정한 물건이 시간이 지날수록 좋았다. 사람도, 물건도, 하나의 호감 포인트에 꽂혀 눈이 먼 채 삶에 들여놓으면 서로의 존재가 독이 되기 십상이다.

긍정적으로 살기를 결심했지만 물건을 살 때만큼은 나는 꽤나 비판적인 사람이 된다. 물건의 장점보다는 단점을 따진다. 그 물건의 장점이야 애초 그걸 사려고 살펴볼 때 먼저 눈에 들어온 것이니 단점만 따져보면 된다. 단점이 장점을 압도해 장점이 더 이상 장점이 아닌 게 된다면 그것을 확인하는 과정에서 끌리던 마음도 저절로 정리가 된다.

사람도, 물건도, 하나의 호감 포인트에 꽂혀

눈이 먼 채 삶에 들여놓으면

서로의 존재가 독이 되기 십상이다.

쉽게 감수할 수 없는 단점인데도 여전히 마음이 식지 않는다면 약간의 노력을 더해 '체험'을 해본다. 얼마 전에 남이 든 걸 보고 찾아본 가방 후기에 무겁다는 말이 있었다. 그래도 눈에 아른거려 매장에 가서 직접 보기로 했다. 가방을 어깨에 걸쳐보는데 한 달을 마음에 품었던 짝사랑이 3초 만에 증발해 버렸다. 아무리 예뻐도 이런 쇳덩이 같은 물건으로 내 어깨와 척추를 짓누르는 짓은 하고 싶지 않았다.

직접 체험하지 못할 때는 판매 정보에서 사고 싶은 가방의 무게를 확인하고 집에서 비슷한 것을 찾아본다. 그리고 그걸 들고 외출해 보는 것이다. 그러면 내가 왜 그 가방을 잘 들지 않게 되었는지 잊었던 기억이 되살아나곤 한다. 새 가방에 대한 욕망 역시 사그라드는 건 물론이다.

내가 보기에 가방의 아름다움은 무게와 상관관계가 있다. 무거울수록 아름다운 건 아니지만 아름다운 건 대체로 무겁다. 가방의 개성과 고급스러운 질감을 표현하는 모든 요소들이 무게를 동반하기 때문이다. 컴퓨터나 자전거처럼 가방도 가벼울수록 좋고 비싼 것인 줄 알았던 시기도 있었지만 그땐 가방을 사치품으로 드는 사람들이 그걸 들고 걸을 일이 별로 없다는 것까지는 몰랐다.

그렇게 일일이 신경을 쓰는 게 골치 아프지 않냐는 의문도 있을 수 있다. 그러나 물건이 오는 걸 막는 데 쓰는 에너지는 일회성이지만 일단 온 물건의 생애에 관여하는 일은 지속적인 것이다. 그래서 오는 걸 막는 게 기본값이고 감정적 필요를 자극하는 물건에 대해서만 관심을 기울이는 것이다.

물건의 이면에 도사리는 단점들과 내가 그걸 감수할 만한 사람인가를 따져보면 '첫눈에 반한 나쁜 남자' 같은 물건이 내 삶에 밀고 들어와 자리를 차지하는 걸 막을 수 있다.

미련과 욕심의 콘체르토,
중고 시장

'4퍼센트의 법칙'이라는 것이 있다. 아무리 당연한 명제로 질문을 던져도 최소 4퍼센트는 대세와 다른 답을 한다는 것이다. 이를테면 '무고한 사람을 죽여서는 안 된다'처럼 당연한 명제에도 반대 의견을 내는 사람이 4퍼센트 이상은 된다고 한다.

그래서 통계학에서는 4퍼센트 이하는 유의미한 수치로 인정하지 않는다. 그만큼 당연히 존재하는 '이상한 사람들'이 백 명 중 네 명이나 되는 것이다. 그 4퍼센트들이 돈과 현물이라는 촉매제와 익명성이라는 방패로 마음껏 정체를 드러내는 곳이 바로 중고 마켓이다.

중고 거래를 많이 하다 보면 왜 아직까지 세계적으로 지구가 평평하다고 믿는 사람들이 수천만 명 존재하는지 이해할 수 있게 된다. 꼭 4퍼센트의 구매자와 맞닥뜨리지 않아도 거래 매물로 올라오는 물건들을 보다 보면 엄청나게 다양한 기준의 상식을 만나게 된다.

인터넷 최저가보다 비싼 중고 물건은 흔하고, 기이한 상태의 물건도 적지 않다. 나는 중고 장터가 자신이 산 가격에 대한 미련과 보다 싸게 물건을 사고 싶은 욕구가 어울리고 대립하는 전쟁터라고 느끼곤 한다.

몇 년 전 안 쓰는 향수 한 병을 팔다가 모처럼 환멸이라는 감정을 느꼈다. 이 경험이 내가 타협적인 미니멀리스트로 거듭나는 계기가 되었다. 어찌나 혼이 났던지 쓸데없는 물건이 사고 싶어질 때 중고 마켓을 한번 돌아보면 그 욕구가 바로 사그라들 정도다.

쇼핑으로 스트레스를 풀고 싶어지면 물건보다는 경험 쇼핑으로 대체하고 이왕 살 물건이라면 말도 못하게 신중히 고른다. 온라인으로 사서 받아본 물건이 기대와 다르면 손해를 감수하고라도 바로 반품을 한다. 물건을 정리하다가 나온 가치 없는 물건은 미련 없이 버린다.

되도록 이용할 일이 없는 삶을 살기 위해 노력하지만 나는 중고 시장 무용론자가 아니다. 오히려 중고 거래는 물건을 흘려보내는 개념으로 다루는 스트리밍 쇼핑과도 들어맞는다. 한때 중고 마켓 헤비 유저였던 적도 있는 데다가 여전히 이사 같은 특수 상황에서는 적극 판매자가 된다.

다만 이제는 욕심과 미련에서 비켜서서 되도록 중고 마켓의 순기능만 즐길 수 있는 요령이 생겼을 뿐이다. 가령 파는 입장에서는 그냥 버리는 것보다 이득이고 사는 입장에서는 횡재인 수준보다 살짝 높게 가격을 책정하는 식으로 말이다. 그렇게 하면 거래가 순식간에 이루어지고 상식의 오차로 인한 갈등도 거의 겪지 않게 된다. 재미있는 것은 이 경우에도 공짜 나눔이거나 공짜에 가까운 가격일수록 앞서 말한 4퍼센트가 거래 상대가 될 가능성이 높아진다는 것이다.

중고 마켓은 사람들 사이에서 돌아다니는 절대적인 물건의 양이 줄어들 때 의미가 있다. 많이 사고 많이 팔면 된다는 생각으로 여기에 재미를 붙인다면 '나' 자신이 온전히 주체가 되는 쇼핑과는 거리가 멀어진다.

비용을 들여 고쳐 쓰는 걸
권하지 않는
물건 1위를 정한다면?

옷. 저는 옷을 꼽겠어요.

유행 지난 옷이나 마음에 들지 않는 옷을 리폼해서 입는 걸 권하는 콘텐츠가 흔하게 소비되던 시기가 있었어요. 지금도 한때 아끼던 옷이 옷장에 잠들어 있는 걸 보면 아쉬운 마음에 수선을 고려하는 경우도 많고요.

그런데 제 경험으로는 수선하는 과정에서의 고민과 비용만 낭비되기 쉽더라고요. 이미 만들어진 옷을 입어보고 사도 몇 번 입다 보면 생각과 달리 입지 않을 때가 많은 품목이 옷인걸요. 평범한 사람들이 짐작만으로 리폼한 옷에 손이 갈 확률이 얼마나 될까요?

유명 연예인들의 무대 의상 리폼에 성공하는 스타일리스트도 한 손에 꼽는다는 걸 생각하면 역시 힘들겠어요.

"당신이 사는 모든 물건들이

당신의 삶을

빛나게 하면 좋겠습니다."

내 방식대로 삽니다

초판 1쇄 2022년 5월 13일
초판 4쇄 2024년 5월 5일

지은이 | 남인숙
펴낸이 | 송영석

주간 | 이혜진
편집장 | 박신애 **기획편집** | 최예은 · 조아혜 · 정엄지
디자인 | 박윤정 · 유보람
마케팅 | 김유종 · 한승민
관리 | 송우석 · 전지연 · 채경민

펴낸곳 | (株)해냄출판사
등록번호 | 제10-229호
등록일자 | 1988년 5월 11일(설립일자 | 1983년 6월 24일)

04042 서울시 마포구 잔다리로 30 해냄빌딩 5 · 6층
대표전화 | 326-1600 **팩스** | 326-1624
홈페이지 | www.hainaim.com

ISBN 979-11-6714-034-0

파본은 본사나 구입하신 서점에서 교환하여 드립니다.